나만의 그림한끼

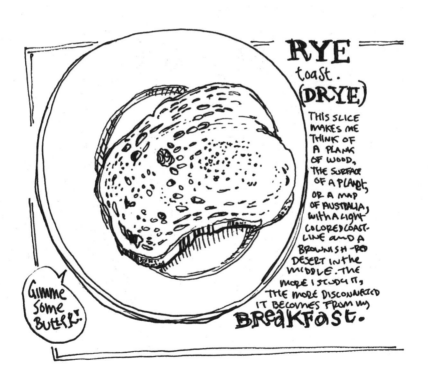

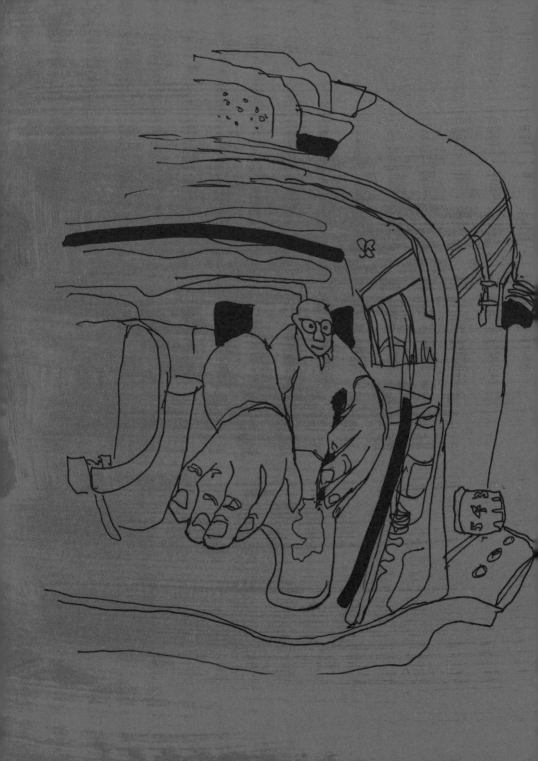

매일 15분
나만의
그림한끼

하루 한컷이 주는
치유와 창조의 시간

대니 그레고리

한근하 옮김

ㅇ세미콜론

매일 15분 나만의 그림 한끼

1판 1쇄 찍음 2016년 9월 15일
1판 1쇄 펴냄 2016년 9월 30일

지은이 대니 그레고리
옮긴이 황근하
손글씨 김형진
펴낸이 박상준
펴낸곳 세미콜론

출판등록 1997.3.24(제16-1444호)
(우)06027 서울특별시 강남구 도산대로1길 62
대표전화 515-2000 팩시밀리 515-2007
편집부 517-4263   팩시밀리 514-2329

한국어판 ⓒ ㈜사이언스북스, 2016. Printed in Seoul, Korea.

ISBN 978-89-8371-803-7 03840

세미콜론은 이미지 시대를 열어 가는 ㈜사이언스북스의 브랜드입니다.

www.semicolon.co.kr

내게는 언제나
시간이 있는
제니에게

이 책은 이 책을 읽을 시간이 없는 사람들을 위한 것이다.

당신에게는 숨을 고를 일 초도 없다.

장미나 커피 향기를 맡을 시간도.

당신의 삶은 점점 더 할 일이 많아지고 미친 듯이 돌아간다.

바로 그래서 "할 일 목록"에 한 가지를 더해야 하는 것이다.

[√] 그림 그리기.

그림? 정말이냐고? 그렇다.

가장 큰 문제 : 시간

당신에게 시간이 별로 없다는 것을 안다. 그러니까 본론으로 바로 들어가자.

이 책을 읽으면 알게 될 것이다.

(a) 그림을 그리면 더 행복하고 온전한 자신이 된다는 것을.

(b) 아름다운 그림을 그리려면 "재능"이 있어야 한다고 생각할 필요는 없다는 것을.

(c) 가장 정신없고, 가장 바쁘며, 가장 빡빡하고 통제 불가능한 삶에 그림이
    안성맞춤이라는 것을. 그러니까 심지어 당신의 삶에도.

이 모두가 하루에 신나는 시간 몇 분이면 된다.

이해했다고?

그렇다면 넘어가 볼까…,

그림은 삶을 더
풍성하게 만들어준다.
더 재미있게,
더 좋게,
더 멋지게,
스트레스가 더 적게,
그리고...

지금 여기 있기. 그림은 시간을 멈추게 한다. 주변에 있는 것들을 그리든 색칠하든, 그때만큼은 대상을 있는 그대로 보게 된다. (요즘 많은 사람이 그런 것처럼)인터넷 세계에 사는 대신, 진짜 세상 속에 있게 될 것이다. 머릿속에서 돌아가는 온갖 생각에 사로잡히는 대신 멈춰 서 마음을 가라앉히고 심호흡을 하며 그저 거기 있게 될 것이다. 영적 스승이나 주문은 필요 없다. 앱도 필요 없다. 그냥 펜 하나면 있으면 된다.

자신의 이야기를 말하기. 삶이란 작은 에피파니*의 연속이다. 당신은 멈춰서 그것들을 잡아야 한다. 그림을 그리면, 당신이 뭘 하며 살아가고 그 속에서 뭘 배우는지가 기록으로 남는다. 스케치북 속 드로잉 한 점과 메모 한두 줄은 이런 매일의 순간을 특별한 무언가로 바꾼다. 그림은 당신의 삶을 액자에 넣어, 정말로 중요한 것이 무엇인지 보여 줄 것이다. 시간이 갈수록 기억의 책은 두꺼워진다. 당신 삶에서 진짜 중요한 것들의 기록이다.

온 세상과 만나기. 세상은 완벽하지는 않지만, 아름답다. 그리고 가장 아름다운 것은 그 안에 특징과 경험이 쌓여 있다. 이 빠진 머그잔, 반쯤 먹은 사과, 자동차 대시보드 가죽의 주름들 속에는 배울 것도 감상할 것도 많다. 그림을 그리면 당신이 이미 얼마나 많은 것을 갖고 있는지 알게 된다. 당신의 진짜 보물들이다. 그릴 대상으로 치면 새로 뽑은 마세라티보다 낡고 녹슨 픽업트럭이 훨씬 아름답다.

스도쿠는 이제 그만. 다시는 지루해 하지도, 시간을 죽이지도 않게 될 것이다. 매일 하루 속에는 분주한 활동 사이사이 자투리 시간들이 가득하다. 병원에서 진료를 기다리거나 멍하게 텔레비전을 바라보는 그런 시간에, 휴대 전화로 트위터를 읽는 대신 그림 한 점을 남기는 것이다. 당신의 하루는 일 분 일 초가 소중하다. 그만한 가치가 있게 하자.

✦ epiphahy, 신의 출현, 예수의 공현을 뜻하는 그리스 어.
일상 속 직관이나 깨달음의 순간을 뜻하기도 한다. — 옮긴이

그냥 그대가 왜 중요한가

우리는 모두 혼돈 속에 산다. 이는 세상의 자연스러운 상태다. 물리학자들은 그것을 엔트로피라고 한다. 모든 것은 늘 변하고 해체되며 결국에는 우주적 곤죽 상태로 돌아간다. 그래서 당신의 책상이 어수선하고 달력은 꽉꽉 차는 것이다. 그것은 물리학 법칙이다.

창조는 곤죽 같은 세상을 무엇인가로 만들어 내서, 당신만의 질서를 만드는 행위다. 라벨 메이커와 색색깔 서류철로 강박적으로 정리 정돈하라는 말이 아니다. 당신이 바라는 세상의 모습을 마음속에 그리고 그것을 향해 나아가라는 말이다.

아마 당신도 마음 깊은 곳에서는 삶이 더 창조적이기를 바랄 것이다. (그러니까 이 책을 손에 들었을 것이다.) 하지만 단지 혼돈 같은 하루 속에 창조성을 어떻게 끼워 넣어야 할지를 모를 뿐이다. 할 일은 늘 너무나 많고, 지켜야 할 약속과 처리해야 할 잡무가 언제나 당신보다 우선이다. 어쩌면 이렇게 생각할지도 모른다. "물론 나도 그림 그리고 싶지. 하지만 지금은 맘 놓고 집중할 시간이 없어. 아마 주말이나, 아니면 휴가 때 짬이 나지 않을까. 아님 은퇴하고 나서나."

하지만 창조성은 사치품이 아니다. 삶의 기본이다. 곤죽하고 우리 인간을 구별해 주는 요소다. 적응력이 부족한 다른 생물이 사라져 가는 와중에도 우리 조상이 살아남았던 이유가 여기 있다. 그들은 변화에 어떤 식으로든 창의적으로 대응했고, 혼돈에는 새로운 답을 만들어 냈다.

삶을 하루하루 최대한 즐기기 위해 해야 하는 일이 바로 그것이다. 창의적이고, 열린 자세로, 유연하게 관계를 맺기. 당신에게 중요한 것이 무엇인지 알기. 변화에 압도당하지 않고 대처하기. 창조성이 주는 선물이 바로 그런 것들이다.

창조성은 필라테스나 치실질처럼 습관이 될 수 있다. 그런 일보다 훨씬 더 만족스럽다는 것이 다른 점이라면 다른 점이랄까. 창조적이 된다는 것에 대해 관점만 바꾸면 된다. 전업 예술가가 되라는 뜻이 아니다. 많은 훈련이나 재료가 필요한 것도 아니다. (혹은 많은 시간도.) 이른바 전문가가 되어야 한다는 뜻이 아니다.

당신은 그냥 당신이 되면 — 그리고 그것이 어떤 것인지를 표현하기만 하면 — 된다.

소문자 "a"로 시작하는 예술

Art는 미술관과 갤러리, 평론가, 수집가 들을 위한 "큰 예술"이다.

art는 나머지 우리 모두를 위한 "작은 예술"이다.

Art는 사업이고 산업이며 돈벌이다.

art는 열정, 사랑, 삶, 인간 — 진실로 가치 있는 모든 것이다.

Art는 팔리고, 되팔리고, 경매장에서 낙찰되고, 어마어마한 금액의 보험에 든다.

art는 상품이 아니다. 관점이다. 삶의 방식이다.

Art는 훈련받은 직업인들과 전문가들이 만든다.

art는 회계사, 농부, 전업 주부 들이 식당 테이블에서,

주차장에서, 세탁실에서 만든다.

Art는 미술 학교와 재능, 오랜 고통과 희생이 있어야 한다.

art는 하려는 마음, 그리고 하루에 십오 분만 있으면 된다.

당신은 "예술가(Artist)"는 아닐 수도 있다. 오오.

하지만 art를 만들 수는 있다. 멋지고 근사한,

아주 작은 조그만 "예술"을.

아하! 예술의 효과

예술가들을 몽상가라고 하다니 참으로 아이러니하다. 내가 보기에는 예술가들이야말로 가장 현실적인 사람들인데 말이다. 그들은 깨어 있으며, 현존해 있다. 예술가인 당신은 삶을 진정으로 관조하고, 그 아름다움과 연결되며, 그런 관찰을 다른 이와 함께 나눌 수 있는 뭔가를 만들어 낸다. 당신은 세상을 눈여겨본다.

그 정도로 깨어 있으려면 노력이 필요하다. 관찰하는 습관, 연결되는 습관, 매일 소감을 남기는 습관을 들여야 한다. 날마다 단 몇 분이라도 그렇게 해야 한다.

일 러 작가 소개

이 책은 내 경험에 기반하고 있다. 나는 어른이 되고 나서 예술은 고사하고 이불 갤 시간도 없었지만, 나를 표현하려는 뜨거운 욕구가 항상 마음속에 있었다. 그때 예술을, 그러니까 "작은 예술"을 발견했고, 그것이 나를 자유롭게 했다. 그림을 그리면서 나는 관점과 목적이 생겼다.

　한 아이의 부모이자 지구상 가장 바쁜 도시에서 회사 중역으로 일하고 있었지만, 그 와중에도 결국 스케치북 쉰 권을 드로잉과 수채화로 빼곡하게 채웠으며, 스무 권이 넘는 책을 쓰고 또 그림을 그렸다. 한번에, 재빨리, 조금씩 했다. 해야 할 일과 봐야 할 시트콤들 사이에서 어렵사리 짬을 내며 쓰고 또 그렸다.

　이런 말 참 안 좋아하지만, 그래도 해야겠다. "내가 할 수 있다면, 당신도 할 수 있다." 하지만 내 얘기는 이쯤 하고… 어떻게 하면 당신도 이렇게 할 수 있는지 이야기해 보자.

7

창조적 습관 기르는 법

고급 정보: 예술을 하기 위해서 많은 장비와 시간과 비용은 필요하지 않다. 오늘 당장 예술이 삶 속으로 들어올 수도 있다. 습관이 될 수 있다. 자기 자신과 몇 가지 작은 약속만 하면 된다.

1. 창조적인 것을 날마다 한다. 무엇이든. 나는 이 책에서 창조적으로 할 수 있는 것을 아주 많이 제안할 것이며, 전부 다 십오 분이 채 걸리지 않는다. 게다가 십오 분 내내 할 필요도 없다. 찻물이 끓기를 기다리는 동안 재빨리 두어 장 그림을 그리는 것만으로도 충분하다.

2. 이렇게 하기를, 예를 들어 30일 동안 계속하겠다고 약속한다. 여기가 가장 어려운 부분으로, 이 새로운 습관에 익숙해지도록 뇌를 재조정하는 초기 단계라 하겠다.

3. 처음에는 미술 재료에 너무 정성을 들이지 말자. 가방에 쏙 들어갈 스케치북 한 권과 펜 하나 정도만 사서, 적당한 순간이 생길 때를 대비해 어디든 가지고 다닌다. 나중에 점점 범위를 넓혀서 다른 재료와 기술을 시도해 볼 것이다.

4. 꾸준히 한다. 하루 일과 사이사이에 생기는 자투리 시간과 기회를 잘 찾아본다. 그날 하루 무엇이 되었든 창조적인 것을 하지 않았다면 잠자리에 들지 말자. 알람 시계나 지미 펄론[+]이라도 그리고 자라.

+ 미국의 최장수 연예 프로그램, 「더 투나잇 쇼」의 진행을 2013년부터 맡아 온 코미디언. ─ 옮긴이

5. **완벽주의는 잊자.** 못 그린 그림이 안 그린 그림보다 낫다.

6. **그냥 일단 해 본다.** 30일을 할 만한 가치가 있는지 없는지 알게 되기까지 기다려 보자. (물론 그만한 가치가 있으리라는 것을 나는 알지만.)

7. **그림 친구를 만든다.** 아니면 페이스북의 "모든 날이 소중하다(Everyday Matters)" 같은 온라인 그룹에 참여하라. 서로 용기를 주고 밀어 주자.

8. **막혔다고 느껴질 때는 이 책을 읽자.** 하지만 그림 그리는 대신 이 책을 읽지는 말자. 그런다고 해도 나 안 삐친다.

9. **식은 토스트에 익숙해지자.** 매일 아침 아침식사를 그리자. 그런 다음 먹자.

담배와 그림

담배를 피워 본 적 있는가? 응, 그렇다면 이제는 그림을 그 비슷한 습관으로 만든다고 생각하자.

식사 후 담배 한 개비에 불을 붙이는 대신 지저분해진 접시를 그린다.

회의하면서 담배를 태우는 대신 (그래, 옛날에는 다들 이런 것에 익숙했다.) 책상에 둘러앉은 동료들을 그려 본다.

아침에 일어나자마자 담배부터 물지 말고, 구겨진 이불의 모양, 잠자는 배우자의 옆모습, 블라인드 사이로 보이는 바깥 풍경을 그린다.

비행기에서도 그릴 수 있다. "그림 금지" 점멸등은 켜질 일이 없으니까, 담배 한 갑이 곧 스케치북 한 권 같이다. 라이터도 펜 한 자루 같이다. 어딜 가든 스케치북과 펜을 갖고 다니자. 이것은 멋지고도 건강한 습관이다.

사라, 지쳐 쓰러질 때까지는 말고

먼저 스케치북부터 사자. 화방이나 잡화점, 온라인 상점 등에서 구할 수 있을 것이다. 잉크가 뒤에 묻어 나지 않을 정도의 종이로 된 것이면 충분하다. 가방에 넣고 다니거나 침대 머리맡에 두고 잘 수 있도록 늘 지니고 다닐 수 있을 만한 크기로 고르자. 하지만 갑갑하다고 느껴질 정도로 작은 것은 사지 말자.

손에 잡히는 느낌이 좋은 펜을 하나 사고, 멋지게 선을 하나 그어 본다.

이제 이 두 가지를 쓰면 된다.

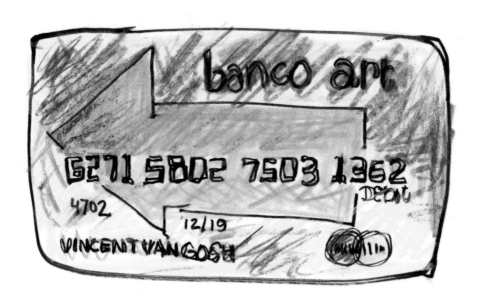

시작해 보자

한 주만에 끝내는 십오 분 그림 수업

월 화 수 목 금

이건 정말 쉽다. 장담한다.

그림은 관찰이다. 지금 당신이 보고 있는 대상을 그것을 이루는 선으로 해체하고, 그다음 그 선들을 종이 위에 차례차례 기록하는 일이다.

컴퓨터 프로그램도 이런 식으로 작동한다. 수많은 자잘한 단계가 빛의 속도로 정확한 순서에 따라 수행된다. 베토벤 교향곡? 서곡부터 피날레까지 음을 하나하나 쌓아 올릴 뿐이다. 프랑스 요리? 순서대로 분명하게 알려 주는 조리법과 좋은 와인 한 병이면 된다. 이것에 비하면 이케아 책장 조립이야말로 진짜 불가능한 일이다.

그림도 같은 식이다.

당신이 그리고 싶은 것들은 웬만해서는 직선과 곡선, 그리고 자연적으로 만들어진 구불구불한 선으로 이루어져 있다. 당신은 짧고 꽤 반듯한 직선 하나 정도는 분명 그을 수 있을 것이다. 조금만 더 신경을 쓰면 반원이나 꽤 동그란 원도 하나 그릴 수 있다. 더 정확하게 하고 싶다면 그저 속도만 조금 늦추면 된다. 그다음부터는 연습이 다 좋게 해 줄 것이다. 자연적으로 구불구불한 선은, 음, 그건 원래 구불구불하다.

하지만 물 끓이는 법이나 피아노 한 음 치는 법을 배우려는 사람은 없는 것처럼, 당신도 그냥 직선과 곡선 긋는 법만 배우고 싶은 것은 아니리라. 그 부분들을 다 합쳐야 하기 때문에 그림 그리기가 만족스럽고도 어려운 것이다. 그러나 그뿐이다. 당신이 어떤 사람이든 그것은 어려울 뿐이지 불가능한 일은 아니라는 이야기다.

우리가 이번 주에 하는 연습의 핵심은 머릿속에서 생각을 전환해 대상을 다르게 보는 것이다. 초정밀 수치나 완벽주의로 미치기 일보 직전까지 가지는 않을 것이다. 여기서 우리는 기술적인 그림을 그릴 것은 아니다. 그저 자기 자신에 대해 배우게 될 것이다.

자신에게 관대해지자. 생각을 자유롭게 하고, 월요일 아침이 이렇게 재미있었나 싶을 정도로 신나는 시간을 즐길 준비만 하면 된다.

월요일 수업

균형 잡힌 아침상을 예쁘게 차려 보자. '시각적으로' 균형 잡힌 아침상 말이다. 그러니까 토스트 몇 개가 놓인 접시, 작은 버터 접시, 잼 병, 커피 한 잔, 우유 주전자, 주스 한 잔, 포크와 나이프 같은 것.

아, 스케치북과 펜도 하나씩 있어야겠지.

이제 식탁에 놓인 물건들의 윤곽을 따라 그려 보자. 접시 윤곽을 따라 천천히, 끊지 말고 선을 그어 본다. 선은 머그잔 옆면으로, 나이프로 이어진다. 아주 천천히 주의를 기울여서, 지우지도 말고 멈칫거리지도 말고 그려 본다. 커다란 덩어리 하나가 될 때까지 그저 윤곽선을 그리기만 하면 된다.

이것을 "컨투어 드로잉(contour drawing)"✚이라고 한다.

전체 윤곽을 그리는 데 이삼 분이 넘지 않아야 하지만, 그래도 할 수 있는 한 최대한 천천히 그려 본다. 대상을 아주 유심히 바라본다.

그리면서 마음속에 질문을 던져 보자. 내가 앉은 곳에서 접시는 원인가, 타원인가? 정말로 판판한가? 머그잔은 식탁과 만나는 지점에서 어떻게 닿아 있나? 버터 접시에서 나이프는 얼마나 떨어져 있나? 이런 질문에 말 대신, 오직 종이 위 선으로만 대답해 보자.

이제 몇 분을 더 들여 윤곽 안을 그려 보자. 머그잔 위쪽의 뚫린 부분을 그려 본다. 손잡이가 머그잔 몸통과 만나는 부분을 그려 본다. 접시 위 토스트를 그린다. 토스트는 정사각형인가? 비스듬하게 기울어져 있나? 접시 가장자리에 있는 다른 토스트 조각과는 얼마나 떨어져 있나? 모든 선을 다 그릴 필요는 없고, 지금 보고 있는 것이 무엇인지만 알려 줄 수 있는 정도면 충분하다.

✚ 한글 용어로는 "윤곽선 그리기"라고 한다.—옮긴이

화요일 수업

새로운 하루, 새로운 아침 식사다. 스케치북의 새 종이에 아침상이 놓인 식탁 위를 그려 볼 것이다.

접시와 머그잔 사이, 휴지와 잼 병 사이의 모양을 그려 본다. 지금 당신이 그리는 대상은 다른 게 아니라 식탁, 그리고 물건들 사이에 이상하게 생겨난 공간들이다.

하이파이브! 방금 한 것이 바로 "네거티브 드로잉(negative drawing)"이다. 곧 아주 유용하게 쓰게 될 개념이다.

앗하! 당신을 속이는 것은 눈이 아니라 바로 뇌다

눈에 보이는 대로 그리려고 최선을 다해 보자. 지금 당신이 보고 있다고 '생각'하는 것이 아니라, 실제로 당신의 망막을 통과해 들어오는 것을 그린다.

예를 들어 접시는 어떤 각도에서 보면 원으로 보일 수도 있지만, 지금 앉아 있는 자리에서는 옆으로 늘어난 타원으로 보일 수 있다. 토스트는 정사각형이라고 생각할 수 있지만, 실제로는 한쪽으로 찌그러진 직사각형일 수도 있다. 유리잔 밑바닥은 평평해 보여야 맞다고 생각할지 몰라도, 아마 당신이 앉은 쪽을 향해 볼록 솟아오른 것처럼 보일 것이다. 그러니 그리기 전에 먼저 잘 보고, 머리가 아니라 눈이 하는 말을 믿자.

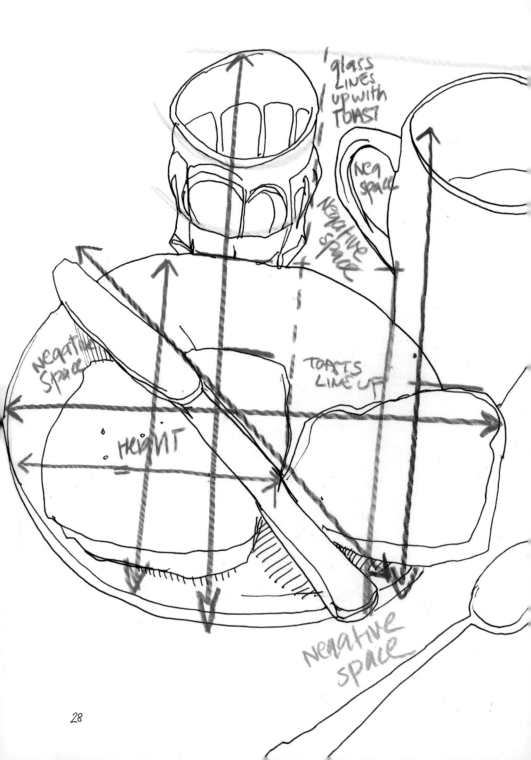

glass
LINES
up with
TOAST

Neg
space

Negative
space

Negative
space

TOASTS
LINE UP

HEIGHT

Negative
space

28

수요일 수업

오늘은 아침 식탁의 윤곽선 그리기, 다시 말해 컨투어 드로잉을 한 장 더 그려 보자. 하지만 이번에는 윤곽 내부도 그려 볼 것이다. 그리고 내부를 좀 더 쉽게 그리기 위해 길이를 재고 대상 사이의 거리를 좀 더 유심히 살펴볼 것이다.

손에 펜을 쥐고 팔을 앞으로 쭉 뻗어 펜을 자처럼 사용한다. 한쪽 눈을 감는다. (그래, 이제 진짜 예술가 폼이 난다.)

앉은 자리에서 무리지어 있는 그릇들 전체의 너비를 재고 너비를 높이와 비교해 본다. 높이가 펜 반쪽 길이, 너비가 펜 두 개 길이라고 해 보자. 그 길이를 종이 위에 그대로 옮겨 본다. 이제부터는 윤곽을 그릴 때 비율이 한층 정확해질 것이다. 펜(겸용 자)을 이용해 토스트의 너비를 재고 그것을 (예를 들어) 접시의 높이와 비교해 본다.

물건들이 놓인 방식도 눈여겨본다. 식탁에 놓인 물건들의 윗면이 저 멀리 있는 것에 비교했을 때 어디쯤 오는가? 왼쪽 아래에 있는 물건이 정말로 오른쪽 아래에 있는 것과 같은 선상에 있나? 아니면 약간 더 아래로 내려와 있나? 계속 확인해 보자. 고쳐야 한다면 원래 그은 선 위에 다시 그으면 된다. 걱정할 것 없다. 그리고 어제 대상을 종이 위 올바른 위치에 놓고 다른 사물들과 비례를 맞추기 위해 '네거티브 드로잉'으로 빈 공간을 관찰했던 것을 기억하자.

와! 컨투어 드로잉, 네거티브 드로잉, 거리 재기까지. 드로잉에서 중요한 세 가지를 방금 다 배웠다. 미술 학교 졸업해도 되겠다.

그렇다면 이제 추가 점수 따는 셈 치고, 나머지 한 주 동안 쉽고 빠르게 할 수 있는 연습을 계속해 보자.

목요일 수업

욕실 수납장을 연다. 수납장 맨 위 칸의 물건들을 컨투어 드로잉으로 그린다. 각각이
무엇인지는 생각하지 말자. 그저 커다란 덩어리 하나가 될 때까지 윤곽선을 그린다. 천천히

그리되, 다 해서 이삼
분 이상 걸리면 안 된다.
머리가 하는 말은 무시하자.
눈이 하는 말만 듣자.
이제 그 아래 칸을 그린다.
그다음은 그 아래 칸.
다 했으면
이제 이를 닦자.

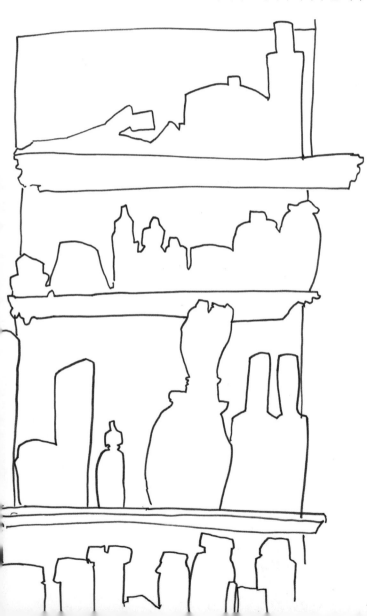

금요일 수업

욕실 수납장 컨투어 드로잉을 마쳤다면, 이제 맨 위 칸 물건들의 윤곽선 안쪽을 채워
보자. 상표에 써 있는 글씨를 일일이 옮겨 적지는 말자. 그저 어떤 물건인지 정도만 알아볼
수 있으면 충분하다. 계속 해 보자. 오늘은 신나는 금요일 아닌가.

아하! 오옴

자리를 잡고 앉아 먼가를 그릴 때
시간은 광란의 춤을 멈춘다. 마음이
집중되고 잠잠해지는 것이 느껴질
것이다. 십 분의 드로잉만으로도
차분함과 상쾌함을 느낄 수 있다.
이것은 기실 종이 위에 선을 긋는
일이 아니라, 눈과 뇌와 손을 하나로
만드는 일, 자기 자신을 지금 여기에
붙잡아 두는 일이다. 처음에는
머릿속 원숭이가 시끄럽게 떠들면서
정신없게 만들 테지만, 곧 자신도
모르게 이 고요와 집중의 상태 속으로
빠져들 것이다. 나는 기존의 전통적인
명상으로는 마음을 비우기가 정말
어려웠다. 하지만 이제 아침 먹기 전
간단한 그림 한 장 덕분에 고요하고
안정된 마음으로 하루를 시작한다.

토요일 수업

부엌으로 가자. 커피 머신을 눌러 커피부터 내린다. 창밖을 보고 하늘과 건물과 나무가 맞닿는 윤곽선을 그려 보자. 중간에 끊지 말고 안테나, 전선, 지붕선, 굴뚝으로 이어지는 윤곽을 한 선으로 그린다. 구름도 비행기도 없이, 그저 바깥 풍경의 윤곽선만 그려 본다. 이제 크루아상과 커피를 맛있게 먹자.

80/20 법칙

시선을 그리는 대상에 80퍼센트 정도 두고 종이에는 20퍼센트 정도만 두자.

　결과가 충격적이라면, 그것이야말로 좋다. 얼마나 표현적인가. 그것이 예술이다.

계속 가 보자.

일요일 수업

이불 속에서 나오지 말고, 침실 문 밖의 풍경을 내다본다. 문 너머에 무엇이 있든 상관없다. 손에 펜을 쥐고 팔을 쭉 편 다음 한쪽 눈을 감는다. 펜을 자처럼 써서 문의 너비를 잰다. 이제는 펜을 90도 돌려 문의 높이를 잰다. 이렇게 잰 것으로, 가령 펜 한 개 너비에 세 개 높이로 종이에 문을 그린다.

이제 문손잡이의 위치를 재 본다. 가령 바닥에서 펜 한 개 길이 되는 곳쯤에 있다고 하자. 그다음 문 너머로 보이는 다른 것들을 관찰하고, 문손잡이나 문에서 눈에 띄는 다른 것들과 크기를 비교해 본다. 크기를 잰 것을 각각 종이 위에 옮긴다. 문틀 안으로 들어오는 것들을 전부 그려 장면을 완성한다.

멋지다! 이제 당신은 말 그대로 무엇이든 그릴 수 있다! 이제 일어나서 브런치를 먹으러 가자.

아하! 당신이 뇌와 씨름할 때 그 안에 있는 것은 누구?

그리기 시작하면 어떤 목소리가 들릴 수도 있다. 걱정 마라. 정상이다.

그것은 당신의 엄마일 수도, 초등학교 3학년 때 미술 선생님일 수도, 상사, 아니면 악마일 수도 있다.

그 목소리는 창조적인 활동이 왜 터무니없는 짓인지 끝도 없이 이유를 댄다. 예술은 시간 낭비다, 너는 절대로 그림을 그리지 못할 거다, 이 책 작가는 멍청이다, 빨래나 개라, 어쩌고저쩌고.

이 방해꾼에 대처하는 법을 알려 주겠다. 들어주지도, 맞받아치지도 마라. 공손하게 웃어 주고 말하자. "알겠어요, 그 이야기는 나중에 하죠. 지금은 그림 그리고 있거든요."

그 간단한 한마디로, 목소리들은 당신의 머릿속 어두컴컴한 한구석으로 다시 돌아가고, 당신에게는 무엇이든 그릴 수 있는 십 분이 주어질 것이다. 흠, 휘파람을 불고, 계속 그려 나가자.

그런 목소리, 그러니까 내면의 비판자, 잔소리꾼, 훼방꾼, 내면의 바보 멍청이, 아무튼 당신이 계속해서 앞으로 나가지 못하도록 말을 거는 그 괴물들은 변화와 진보를 두려워하는 당신 안의 한 부분이다. 우리 모두에게 그런 부분이 있다. 그것들은 새롭고 두려운 것에서 당신을 보호하려고 하지만, 지금은 당신과 한자리에 있을 수 없고 도움이 되지 않는다. 그것들은 당신이 하고 있는 것에 질색을 할 테지만, 그렇다고 그게 맞는 말은 아니다.

평정을 되찾고 그림을 마저 그리자.

규칙그딴

모든
규칙을
무시하라

더 깊이 들어가기

어쨌든 시작되었다. 당신은 지금 눈앞에 있는 것을 그리고 있다. 알고 있는가? 그 모습이
정말로 멋져 보인다는 것을.

　자 이제, 조금만 더 가 보자. 바로 눈앞에 있는 것을 당신이 사실은 얼마나 모르고
있었는지를 깨달아 갈 시간이다. 그림 그리기란 이름조차 붙일 수 없는 것들을 명확히
알게 되는 과정이다. 가령 커피 주전자의 주둥이에 비친 모습이나 토스터 그림자의 복잡한
선, 이웃집 침실 커튼의 모양 같은 것 말이다.

　추상적이라고? 전혀 그렇지 않다. 그것이야말로 실제다. 마법 같고 신비스럽고 진실한 삶
말이다. 당신이 아침 8시 전화 회의를 하러 달려가느라고 보지 못했던 것일 뿐이다.

이제 그려 보자.

부스러기 행성

먼저 안경을 깨끗하게 닦고 눈에 인공 눈물도 좀 넣자. 이제 깊숙이 들어가 볼 것이다.

토스트 한 조각을 앞에 놓고 윤곽을 조심스레 그린다. 다 마쳤다면 토스트의 한 부분을 정해서 볼 수 있는 가장 작은 부분까지 들여다본다. 뜯겨 나간 부분, 구멍, 부스러기까지. 그 모양을 그려 본다. 이제 천천히 바로 그 옆에 눈에 들어오는 것들, 그러니까 또 다른 부스러기나 볼록 솟아오른 부분, 틈들로 옮겨 간다.

그려 보자.

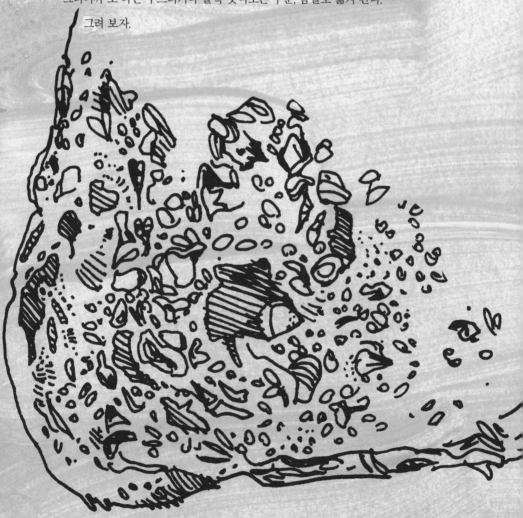

이제 한 십 분 동안은 토스트 한 장 속에서 여기저기 옮겨 가며 방금 그린 것들의 주변을 전부 그린다. 마치 토스트가 캔자스 주고, 당신이 지금 비행기 창문 밖으로 그것을 내려다보는 것처럼. 천천히 움직이며 눈에 들어오는 것들을 하나하나 다 그려 본다. 윤곽 안을 꼭 채울 필요는 없다. 작은 부분을 집중해서 관찰하기만 하면 충분하다.

시간 끝.

그 안에 얼마나 많은 것이 들어 있는지 놀랍지 않은가? 그리고 늘 그저 버터와 잼만 바르던 것을 유심히 들여다보고 났더니 마음이 이토록 평화롭고 차분해진다는 사실이 더욱 놀랍다.

이제 열량일랑 잊고 토스트를 먹자. 밥값을 했다.

아하! 실제와 더욱 가까워지기

우리의 망막을 통해서는 온종일 어마어마한 양의 자료가 들어온다. 그 자극을 다 처리하기 위해 뇌는 정보를 다루는 능력을 개발했다. 바로 종류별로 나누는 것이다.

그래서 우리는 "저기 봐, 높이 약 13미터에 가지는 84개, 이파리는 7,612개, 14가지 색조의 초록색에, 왼쪽으로 60도 각도에서 빛을 받고 있는, 나무껍질로 뒤덮인 막대가 있어."라고 말하는 대신, "나무다."라고 말한다.

그리고 우리는 떡갈나무와 느릅나무와 자작나무가 섞여 있어도 "나무, 나무, 나무"라고 말하고는, 그 정보를 다 뭉뚱그려 한마디로 지칭한다. "숲"이라고.

대상을 범주에 맞게 집어넣으면 시간이 절약된다. 하지만 점점 더 실제로부터는 멀어지고, 머릿속에서 살게 되기 시작한다. 삶은 놀라운 3D 아이맥스(IMAX) 대서사시 영화인데, 우리의 뇌는 "에일리언과 좀비가 나오는 영화군. 맘에 들어."라는 몇 마디로 끝이다. 효율적이기는 한데 슬프다.

현실은 단정하게 정돈되고 구획할 수 있는 것이 아니다. 현실에는 무한한 변수와 디테일이 있고, 그래서 아름다운 것이다.

그림을 그리면 우리는 그런 구석구석을, 주름을, 세계 속 세계를 들여다볼 수 있을 만큼 느려진다. 그런 순간이 없다면 삶은 그저 요약본 책, 영화 예고편, 전자레인지에 돌린 애피타이저에 불과하다.

정말 그런 것을 원하는가?

60도 각도의 햇빛

14가지 색조의 초록색

이파리 7,612개

가지 84개

비둘기 두 마리

나무껍질

다 빈치의 말을 기억하기

"Un disegno dieci minuti di pan tostato è un zilione di volte meglio di un disegno a zero minuto di pan tostato." (빵을 십 분 동안 그린 것은 전혀 그리지 않은 것보다 억만 배는 더 낫다.)"✛

레오나르도 다 빈치의 「최후의 조찬」

사람들이 잘 모르는 사실: 다 빈치는 「최후의 만찬」을 열두 사도가 밥값 계산하는 동안 그렸다.

✛ 그리고 다 빈치는 천재였다.

그림자 놀이

이른 아침, 햇살이 낮게 드리우고 부엌 창으로 들어온 그림자는 길다. 스케치북의 새
종이에 커피 주전자며 버터 접시, 식탁에 있는 것들의 그림자를 전부 그려 보자.

그림자만이다. 그리고 있는 모양에 이름을 붙이지 않도록 조심하고("여기는 손잡이,
여기는 가장자리" 같은 것은 금물), 모양들이 얼마나 이상하고 낯선지에만 집중해 보자.
그것들을 처음 보듯 바라보자. 그리고 그림자로 채워진 한 장 속에 그 물건들이 전부 들어
있지만, 또한 얼마나 새롭게 보이는지를 확인하자.

재미있는 커피 타임

커피 주전자나 토스터에 비친 모습을 바라보자.
크롬 소재나 어두운 색 유리 제품이어야 한다. 그
표면에 비친 것을 그려 보자. 당신과 당신의 펜도
포함해서다. 구부러지고 뒤틀린 모습을 그대로
옮기자. 소시지같이 퉁퉁한 손가락, 콩알만 한 머리.
등 뒤로 휘어져 있는 벽, 그 아래 주방 조리대까지.
당신은 지금 다시 한 번 세상을 있는 그대로
바라보고 있는 것이다. 낯설고 이상하겠지만 광각
렌즈를 통해 보는 새로운 세상이다.

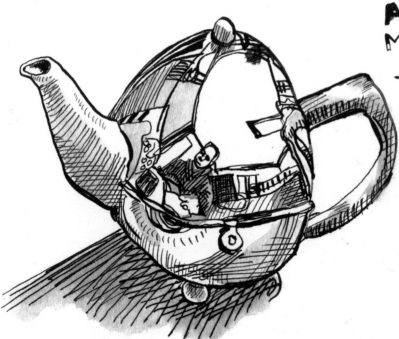

A SNOWY
MORNING
and
THE PERFECT
Opportunity
To DRAW
amo DRIN
A NICE
wee POTTA
TEA, IN.
My DRESSIN
GOWN,

사랑의 블랙홀+

매일 아침 보지만 대개는 그냥 지나치는 것을 하나 골라 보자. 부엌 창밖으로 보이는 거리, 이웃집 지붕, 선반 위에 가지런히 놓인 화분들. 고른 것을 오 분 동안 그려 본다.

　다음 날 아침에도 같은 것을 그린다. 한 주 동안 날마다 그려서 스케치북 몇 장에 같은 그림을 채워 본다. 더 쉽게 비교해 보려면 종이 한 장의 여러 군데에 그린다. 그릴 때마다 더 많은 것을 발견했는가? 매일의 관찰에 그때그때 당신의 마음 상태가 반영되었는가?

✚ 매일 똑같은 하루를 다시 살아야 하는 남자를 그린 빌 머레이 주연의 로맨틱 코미디 영화. —옮긴이.

The MORNING SUN PAINTS
the WALL OF MY STUDIO.

현실적이 되자. 완벽주의자 대신

당신의 스케치북은 아무도 검사하지 않을 것이다. 깔끔하게 썼는지는 더더욱 그렇다.
어디를 가든 부담 없이 갖고 다니면서 쓰자. 표지에 커피 잔의 둥근 자국을 남겨도 좋고,
종이 한 귀퉁이를 접어도 좋다. 필요하면 가장자리에 장 볼 거리, 약도, 전화번호, 아이디어
같은 것을 적자. 스케치북을 늘 함께하는 친구로 삼자.

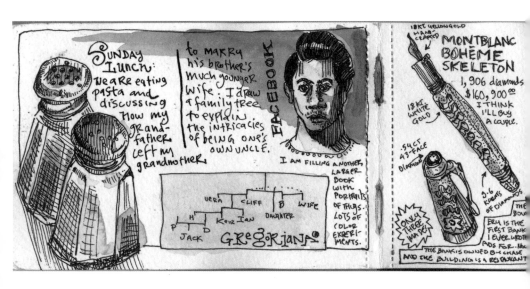

안녕! 못 그린 그림이 최고의 선생이다

모든 그림에는 멋진 부분이 있다. 직선 하나, 곡선 하나일지라도 우리가 완전히 몰입했던
순간의 기록이 있을 것이다. 하지만 우리는 완벽을 추구하지 않는다. 오히려 실수를
추구한다. 어떻게든 사진에 가까운 완벽한 그림을 그렸다면 그 다음은 무엇일까? 그
그림이, 그 단 한 번의 성공작이 당신에게 무엇을 가르쳐 줄까? 우리의 여행은 거기서
끝일까?

아니다. 우리에게 뭔가를 가르쳐 주는 것은 제일 보잘것없고, 이상하며, 안 맞는 부분들이다. 대상을 어떤 식으로 보면 안 되는지, 서두른 대가가 무엇인지를 보여 주고, 아직 우리가 해야 할 작업들이 있다는 것을 보여 준다. 대체로 실망감이란 기대한 것을 얻지 못했다는 데서 오는 경우가 많다. 하지만 어쩌면 그만큼 값진 다른 것을 얻었는데 우리가 아직 알아채지 못하는 것일 뿐인지도 모른다.

바람처럼 되지 않은 그림을 기꺼이 받아들이자. 스케치북에서 찢어 버리거나 한

IAM LATE FOR WORK BUT NOT IN THE MOOD SO I AM PLUNKED DOWN ON THE BENCH BY THE DINER ENJOYING THE FREAKISHLY NICE WEATHER OF THIS AUTUMNAL MORNING. MAYBE I'LL GET SOME JAVA

귀퉁이에 자책하는 말을 써 넣지 말자. 특별한 곳에 두고 나중에, 훨씬 나중에 보자. 어느 날 그 그림에 담긴 아름다움과 진정성이 보일 것이다. 100퍼센트 장담할 수 있는 말이니 꼭 기억하자. 당신의 그림은 나아진다.

그리고 마지막으로, 혹시 그리는 족족 완벽한 그림만 내놓는 저주를 받은 사람이라면 그저 계속 그려 나가도록 하자. 오늘 완벽한 날이었다고 해서 내일이 오지 않기를 바라지는 않는 것처럼.

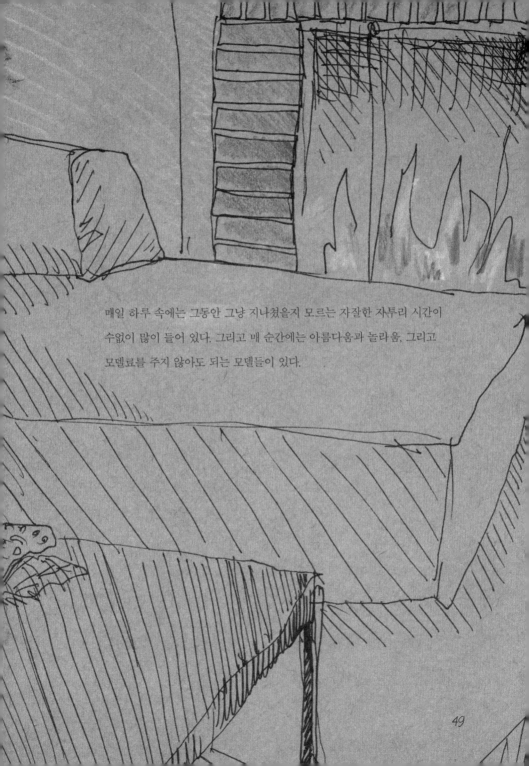

매일 하루 속에는 그동안 그냥 지나쳤을지 모르는 자잘한 자투리 시간이
수없이 많이 들어 있다. 그리고 매 순간에는 아름다움과 놀라움, 그리고
모델료를 주지 않아도 되는 모델들이 있다.

4성급 드로잉

레스토랑은 비싼 곳이다. 그만큼 본전을 찾아야 한다.

애피타이저를 기다리는 동안 미리 나온 빵 조각을 먹는 대신,

식탁 위의 물건을 그려 보자.

종업원을 그려 보자. 다른 손님들도 그리자. 먹기 전의

접시를, 지루해 하는 동행을 그리자.

주방을 살짝 훔쳐보고 요리사, 가스 오븐,

위생 규정이 위반되는 현장을 그려 보자.

영수증, 그리고 팁도 그리자.

그 아래에는 식사에 대한 간단한 후기라도

남겨 보자. 절대 잊지 못할 식사가 될 것이다.

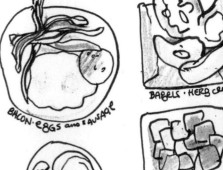

BACON·EGGS and SAUSAGE

BARRELS·HERB CREA

CANTELOUPE·PINCA

CROISSANT·DANISH

EUKOJ.

machine CRAPUCCINO

WIFI YES. Roaming No.

French omelette

RUSSETED YOGURT

JAVA

JHOOING OUT at THE BREAKFAST BUFFET. ARIZONA BILTMORE

FRANK LLOYD WRIGHT DESIGNED THE HOTEL, AND, KNOWING FRANK, DESIGNED THE FURNITURE, RUGS AND DRAPES TOO. THE RESTAURANT WAS NAMED AFTER HIM AND APPARENTLY HE MAKES THE CROISSANT AND MANDATES THE DIMENSIONS OF THE MELON CUBES. COME TO THINK OF IT, THE CROISSANTS DO RESEMBLE THE GUGEN

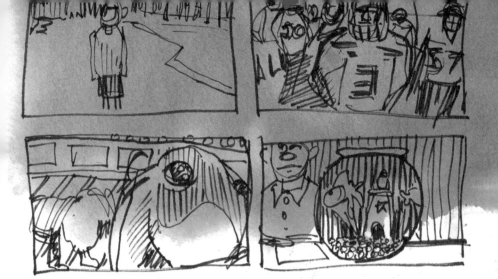

TV 볼 때도 예술

황금 시간대 케이블 TV 프로그램의 평균 광고 시간이 1시간당 21분 51초라는 것을 알고 있었는가?[+] 그 정도면 그림 그릴 시간으로는 차고 넘친다! 그러니 가장 좋아하는 프로그램 중간에 광고가 나올 때마다 리모컨을 찾아 화면 정지를 눌러라. 화면에 어떤 이미지가 나오든 스케치북에 그려 본다. 산길을 오르는 자동차, 휴대 전화를 쥔 남자, 비현실적으로 반짝거리는 머릿결의 모델.

그런 다음 광고를 빨리 돌리고(광고 업계 종사자로서 이런 말 하려니 목이 멘다.), 같이 보던 사람이 짜증내기 전에 다시 프로그램을 튼다. 한 시간마다 이런 기회가 최소 다섯 번은 있다.

[+] 한국 케이블 TV의 광고 시간은 1시간당 8분으로 정해져 있다. —옮긴이.

기회주의적 예술

전화기 옆에 크레용이 담긴 통을 늘 놓아두도록 하자. 자동차 앞좌석 사물함에는 작은 스케치북을 둔다. 지갑에는 펜 한 자루, 변기 옆에는 이젤을. 매일 하루에는 지루한 순간이 열두 번은 있다. 그런 순간을 빠른 스케치로 채우자.

하루에 스케치 열두 장이면, 십 년이면 43,829장이다.

그때쯤이면 뭐가 되어도 되어 있을 것이다.

SITTING BY THE POOL, I TOOK A SIP FROM MY SODA AND FELT SOMETHING BRUSH MY LIPS — THEN A BIG, FAT WASP, FLEW OUT OF THE CAN.

← TART

이 분 천자

시간이 죽어도 없는 사람들을 위해.

  수많은(심지어 엉망인) 드로잉이 가득 찬 종이는 왠지 꽤 멋져 보인다. 스케치북을 열 몇 개의 네모 칸으로 나눈다. 그 안에 딱 이 분 동안만 눈에 보이는 것을 아무거나 그려 넣는다. 한두 주 후면 자그마하지만 다양한 순간들이 가득 그려진 멋스러운 한 페이지가 완성될 것이다. 너무 멋져서 중독성까지 생긴다. 날마다 네모 칸을 더 많이 채우고 싶어질 것이다.

EGG SANDWICH IN THE PARK w/ HOUNDS. OVER CAST AND EMPTY.

10ºº FINISHED A BLOGPOST AT MY DESK. SURPRISE ON FACEBOOK FROM KEER. SLOW DOWN. Y/O.

12ºº BRUNCH w/ ROE, YIN, TOM, MELAYNE + V. TOOK PHOTOBOOTH PIX AT BLEECKER BAR.

2ºº BATH FOR TIM AND JOE. J BLOWDRIES THEM IN THEIR BEDS.

2. READING MY KINDLE and KING A NICE NAP ON THE SOFA.

6ºº EDITING A COMMERCIAL AND DISCUSSING OUR PLANS FOR DINNER.

8ºº THE ROSES TODD GAVE JENNY ARE ALL WILTING. STILL LOVELY.

10ºº JACK + GABBY ARE WATCHING 'TRUE BLOOD'. I'M READY FOR BED.

아니면 포스트잇에 하루에 하나씩 그려서 스케치북에 한꺼번에 붙여도 된다.

A FEATHERED ONLOOKER AT OUR DINNER AT THE BLACK HAWK GRILL

탑 텐 리스트

이 연습은 데이비드 레터맨이 만든 게 아닐까 싶다.✦ 종이를 열 칸으로 나누고, 당신에게 중요한 것들을 떠올려 본다. 가장 좋아하는 샌드위치. 크리스마스. 가족. 차. 집. 몸. 이제 관찰한 것이든 상상한 것이든 당신이 좋아하는 열 가지를 그려 넣는다.

✦ 데이비드 레터맨은 2015년까지 심야 토크쇼 「레이트 쇼 위드 데이비드 레터맨」을 진행했던 미국의 코미디언으로, 그의 쇼에는 게스트가 관객에게 열 가지 메시지를 전하는 코너가 있었다. ─ 옮긴이

뉴스도 그럴수 있다

연구에 따르면 사람들이 하루 평균 신문을 읽는 시간은 22분이라고 한다. 그 시간에
신문을 읽는 대신, 그려 보면 어떨까? 그래 봤자 우울한 뉴스를 안 읽게 되는 것뿐이다.

세상은 나의 스케치북

손에 잡히는 것 무엇에든 그려 본다. 신문, 접시 깔개, 영수증, 탑승권, 봉지 안쪽, 껌 종이 등등.

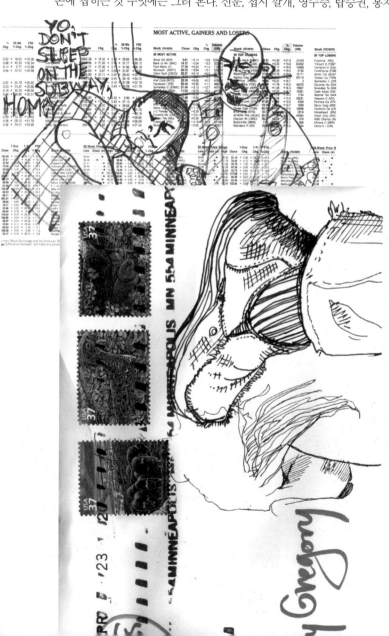

차 안에서 그리기

계기판을 그린다. 사이드미러에 보이는 풍경을 그린다. 당신을 앞질러 가려고 기다리고
있는 다른 차, 신호등, 앞 유리에 죽어 있는 벌레, 머리 위로 지나가는 구름도 그린다.
그리고 주차해 놓은 곳을 기억하고 싶다면 그 공간을 그린다.

털 있는 녀석들

당신의 반려동물은 살아 있는, 숨 쉬는 모델이며, 온종일 엄청나게 매력적인 포즈를
취하며 당신이 그려 주기만을 기다리고 있다.

잠들어 있는 슈나우저를, 창밖을 내다보는 샴 고양이를, 늦은 아침을 먹는 에어데일
테리어를, 이웃을 보고 울어대는 큰부리새를, 애절한 눈으로 베이컨을 달라고 조르는
닥스훈트를 그려 보자.

녀석들의 장난감, 목줄, 밥그릇,
앞발, 꼬리, 귀도 그려 보자.
잘 했어! 쿠키 줄게.

안트 데미마와 미스터 클린⁺

물론, 당신은 집을 청소할 수 있다. 하지만 치울 것들을 그려
볼 수도 있다. 개지 않은 이불, 설거지하지 않은 접시들, 조리대
위의 빵 부스러기, 냉장고 속 빈 주스 곽, 욕실 거울의 뿌연 얼룩
사이로 보이는 당신의 모습.

　　이것들은 치우고 나면 다 다시 더러워지겠지만, 그림은
영원하다.

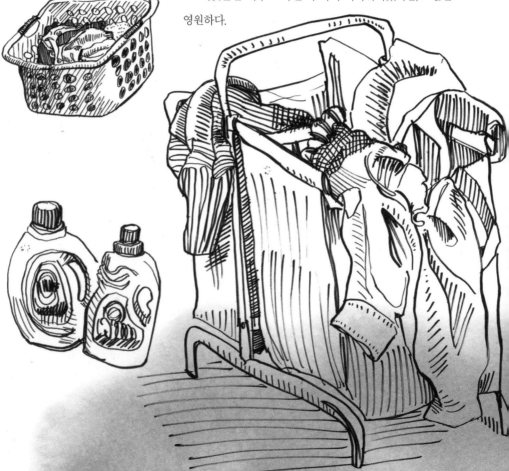

✦ 미국의 팬케이크 믹스 브랜드 안트 제미마(Aunt Jemima)의 패러디. — 옮긴이
✦✦ 미국의 청소 용품 브랜드 미스터 클린(Mr. Clean)의 패러디. — 옮긴이

내 시간

23분만 일찍 일어나라. 알람 시계를 맞춰 놓고 내일부터 시작한다. 그러면 나만을 위해 쓸 시간이 갑자기 조금 더 생긴다. 무엇이든 좋으니, 그러라. 식구들이 깨어나기 전에.

아침에 일어나서 가장 먼저 하는 일은 뇌가 깨끗하고 낙천적일 때 하는 셈이 된다. 더 잘 보이고 결과도 더 마음에 들 것이다. 두 번째 알람이 늘 울리던 시간에 울리거든 홀가분한 마음으로 하루를 열면 된다. 창의적인 얼굴에 엷은 미소를 띠고.

미술관에서 명작 남기기

미술관에서 그림을 하나 골라, 그 구성을 스케치한다. 미술관 벽에 쓰인 화가에 관한 사실을 몇 가지 기록해 둔다. 당신의 의견도 약간 덧붙인다. 어떤 점에서 좋은지 혹은 나쁜지 적어 보자. 대여섯 가지 작품을 간단하게 스케치하고 원작과 비슷한지 확인해 본다. 그다음은 매부리코, 예수의 손가락, 귀여운 새끼 고양이 등 세세한 부분을 그려 본다. 작품을 보고 있거나, 아니면 지루하고 피곤해 보이는 다른 사람들도 그려 본다.

MY FIRST museum visit was at

LACMA

WHERE I began buy looking at drawings that illustrate a book on Golum and were moody in an EASTERN EUROPEAN way. There's a whole section on GERMAN EXPRESSIONIST — NONE OF MY FAVES who are, I guess, AUSTRIANS BUT they HAD 'A COUPLA pieces by FRAN'S COUSIN, GEORGE.

I DIG MODIGLINI- they have a lovely lady wit Blue # ey ORANGE cheeks an CRIMZON LIPS.

But th recis

im an to P wa they Bou

EDWARD hopper

said he made this painting to SHOW the FEELING of what it was like in a Cheap restaurant — this joint looks pretty nice to me but perhaps it was the depression era version of McDs on some such. But actually in those days any meal in a restaurant was probably pretty fancy for most folks.

TABLES I lik day mia

MAID ASLEED · 1656

YOUNG WOMAN + A WATER PITCHER · 1662

WOMAN WITH LUTE · 1662

VERMEER.

DESPITE all the learned curators writing about Johannes' work only I noticed that each of his canvases have a little arrow pointing at the subject ➤

STILL LIFE WITH APPLES and A POT OF PRIMROSES

THE MET saw fit to comment mainly on the fact that

PAUL CÉZANNE

RARELY PAINTED FLOWERS & PLANTS because they tended to WILT before he was done.

ARE IMPRESSED by the way that he

REMBRANDT greatest paint.

was a year older than I am when he painted this self-portrait.

He's a much better painter than I am. But I think I'm better looking

· 1930.
pper depicts every-
his so-called loneliness
+ the ordinariness of all

Had a nasty cup of coffee on the steps of the MET.

동서남부

이 연습은 좁은 공간에서 하기 좋다. 뭐든 바로 앞에 있는 것을 종이 맨 위에 그린다.
그다음 몸을 시계 방향으로 90도 돌린다. 새로운 광경을 그 밑에 그린다. 한 바퀴 다
돌 때까지 반복한다. 다채로운 풍경이라면 좋을 것이다.

추가 점수: 전체 360도의 광경을 하나의 길고 연속적인 드로잉으로 그린다. 즉 처음과 끝이 연결되게 그린다.

공항

일단 비행기가 연착되기를 기도하자. 그다음은 졸거나 책을 읽는 다른 승객을 그려 보자.
당신이 타게 될 비행기를 시간을 내서 아주 자세하게 들여다본다. (어디 금 간 곳은 없나?)
비행장에서 시끄러운 소리를 내며 굴러가는 온갖 비행기, 껌을 파는 여자, 아침 일곱
시에 잭 다니엘을 주문하는 남자를 관찰하자. 공항 서점 선반에 놓인 싸구려 잡지와 책을
읽느라 시간과 돈을 낭비하기보다는 그것들을 그리는 편이 훨씬 낫고 돈도 안 든다.

THE PROLIFERATION OF SMART HANDHELD ELECTRONIC DEVICES IS A BOON FOR ARTISTS. PEOPLE HOLD THEIR POSES FOR HOURS.

SOME DAY PRINTS WILL COME

사무실

이 그림 연습은 좀 위험하지만 재미가 있다. 바로 회의 시간에 그리는 것이다. 동료들, 스피커폰, 벽에 걸린 시계를 그린다. 당신이 만든 물건 혹은 파는 물건을 그린다. 손님들을 그린다. 건물 밖에서 담배 피우는 사람들을 그린다. 출근 기록계를, 당신이 쓰는 도구들을, 그리고 (간이 큰 사람이라면) 직장 상사를 그린다.

출근했으니 뭔가 더 생산적이어야 할 시간 아닌가. 그러니 그리면서 시작하자!

뒤샹도 이렇게 시작했다

변기에 앉아 있는 동안 그림을 그려 보자. 수건, 세면대, 당신의 발, 욕실 문밖으로 보이는
복도의 풍경을 그려 본다. 휴지도 그린다. 작은 욕실용 스케치북을 두어도 좋다. 그림을
그린 다음 손을 씻자. (이 그림들은 사람들과 돌려 보지 않기로 한다. 그렇지 않으면 사람들은
당신을 중요한 현대 미술가로 생각할 것이다.)

아하! 바보 같은 실수라니?

과연 스케치북에 "실수"를 하지 않고 살 수 있을까? 살짝 잘못 그은 것 같은
선 하나, 잉크 한 방울, 얼룩 같은 것 없이? 이렇게 생각해 보자. 실수는
변장하고 찾아오는 가르침이고, 진짜 당신의 모습을 정확하게 보여 주는
거울이다. 어쩌면 좀 천천히 갈 필요가 있을지도 모른다. 어쩌면 애초의
기대가 사실은 잘못된 것이었을 수도 있다. 아니면 더 자주 그려야 하는지도
모른다.

    정말로 실수를 못 견디겠거든, 예술적으로 고쳐라. 그 위에 불투명 과슈를
칠한다. 혹은 망친 문신을 고치는 사람처럼 그 위에 덧입혀 그린다. 풀을
가져와서 글씨가 인쇄된 페이지나 버스표, 신용카드 영수증, 동네 지도 같은
것들을 그 위에 붙이자.

    최후의 구제책: 마음에 안 드는 페이지들을 테이프로 붙여 버린다. 나중에
당신이(혹은 미술관 관계자가) 그 부분을 다시 열어 보고 그 "실수"에서 알게
될 수도 있다. 실수가 아니라 사실은 매력적이고 멋진 그림이라는 것을.

앞마당은 잔디만 깎는 곳이 아니다

자연과 소통하자. 점심을 공원에서 먹자.
공기를 들이마시고 새들의 소리에 귀 기울이고
뺨에 닿는 햇살을 느껴 본다. 꽃 한 송이, 새
한 마리, 봄의 첫 수선화로 뒤덮인 언덕을 그려
보자. 구름을, 파도를, 석양을 그리자.

FREESIA.

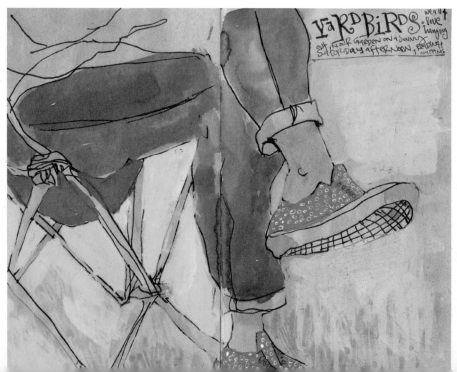

습관 들이기: 일 년 동안 매달 같은 풍경을 그려서 계절의 변화를 관찰해 보자. 보고 느낀 것을 적자. 그 순간에 잠시 머물러 보자.

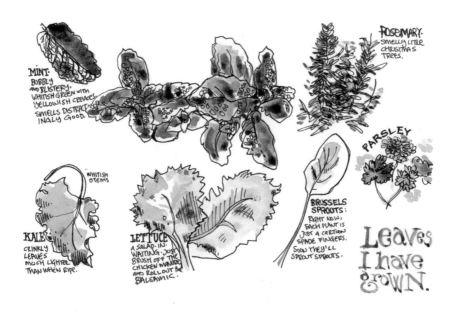

아이들과 놀기

뭔가 하느라 바쁜 자녀들을 그려 본다. 보드 게임이나 텔레비전에 빠진 모습을 그린다.
아이패드나, 더 좋은 경우라면 좋은 책을 읽느라 열중한 모습을. 당신이 한 요리를
채소까지도 빼놓지 않고 전부 열심히 먹는 모습을. 낮잠 자는 모습을. 그림 그리느라
정신없는 모습도!

CONKED out.
BIGGIE FALLS asLeep
EARLY OFTER A HARD
DAY OF SCHOOL, SOCCER,
AND RAIN.

아앙! 내 안의 아이 불러내기

어렸을 때 당신은 늘 예술을 했다. 기억나는가? 크레용, 손가락 물감, 포스터칼라, 분필,
종이, 놀이용 점토. 노래도 했다. 춤도 추고, 어른 옷도 입어 보았다. 상상력은 늘 함께하는
친구였다. 친구들도 다 같이 이렇게 놀았다. 예술가 공동체에서 살았던 것이다.

주변 사람 모두 응원해 주었다. 엄마, 아빠, 선생님들은 당신의 작품에 감탄했고,

어린아이의 예술

아이와 함께 그려 보자. 당신의 자녀든 어디서 잠시 놀러 온 아이든 상관없다. 크레용,
템페라, 파스텔, 손가락 물감으로 그리자. 아이와 교감을 나누면서 같이 그린다. 그림
신청을 받고, 아이에게 이야기를 들려주면서 그것을 그려 본다. 아니면 당신이 빨간
색으로 선을 하나 긋고, 아이가 파란 색으로 긋는 식으로 멋진 그림이 나올 때까지 그렇게
주고받기를 계속한다.
아이에게 맘대로 선을
그어 보라고 하고, 당신이
거기에 선을 덧붙여서
코끼리나 기차, 햄
샌드위치를 만든다.

낙서하고.

물감을 흩뿌리며.

놀자.

몇 분만이라도 다 잊고
아이가 되자.

그것을 귀하게 모셔 놓고, 핀으로 꽂아 두고, 냉장고에 붙여 두었다. 당신은 스타였다.

그게 왜 꼭 오래전 기억이어야만 할까? 그런 창조성과 용감한 모험심, 경이를
발견하는 눈을 왜 다시 가지면 안 될까? 그것도 하루에 딱 십 분인데?

그 어린 예술가가 아직 거기, 당신 안에 있다. 그 아이에게 크레용을 쥐어 주자.

주제의 변주

주제를 하나 정해서, 한두 장 정도의 종이에 같은 주제의 그림을 여러 개 그려 본다.

부엌으로 가서 티스푼에서 국자까지 갖가지 모양의 숟가락을 그려 본다.

고양이가 취하는 다른 포즈 여섯 가지를 그려 본다.

집 주변의 차를 전부 그려 본다.

지갑 속 갖가지 영수증을 전부 그려 본다.

옛날 사진이나 기억을 이용해 지금까지 해 봤던 헤어스타일을 전부 그려 본다.

손가락과 발가락을 다 그려 본다. 각각 따로따로, 아주 자세하게.

　대상들의 비슷한 점과 다른 점을 눈여겨본다. 이름을 써 넣고 그것에 관해 새로이 알게 된 것을 적어 본다. 어디서 났는지, 당신은 그런 종류를 어떻게 느끼는지, 혹은 그중 가장 좋아하는 것은 무엇인지 따위를 적는다.

당신의 빚을 그려 보자

매달 청구되는 카드 영수증을 그려 보자. 봉투와 그 안의 내용도 그린다. 단어와 숫자를
일일이 적을 필요는 없지만, 각각 어떤 종이인지는 알아 볼 수 있을 정도로 그리자. 그러면
다음에 신용 카드를 꺼낼 때 다시 한 번 생각하게 될 것이다. (화방 영수증은 제외. 화방은
언제나 괜찮다.)

과시적 소비

뭐든 사 온 것을 하나 그려 본다. 무엇이든 상관없다. 먹을 것, 평면 텔레비전, 다이아몬드
약혼 반지 등등. 재빨리 간단하게 스케치하고, 원한다면 이름도 적어 넣는다. 잊지 말자.
그림은 음식이나 텔레비전 프로그램, 그 밖의 수많은 관계보다도 오래간다는 것을.✛

✛ 이 사실의 극단적인 사례를 확인하려면 www.katebingamanburt.com을 방문해 보라. 케이트 빙맨
버트는 자신의 소비를 전부 그려 본 것만으로 경제 생활이 완전히 바뀌었고, 신용 등급도 달라졌다.

건강을 챙길 때도 창의적으로

러닝 머신 위에서 그려 보자. 트레이너를 그려 보자. 동작을 한 세트 하고 그다음 세트를
하기 전 짬에도 그린다. 요가 수업이 끝나고 나서도 그린다. (단, 탈의실에서는 말고.)

걷자!

점심시간에 약간 빠른 속도로 십삼 분 동안 걷자. 멈춘 다음,
그 자리를 사 분 동안 그린다. 다시 걷는다. 이렇게 일주일에
세 번 반복하자. 스케치북이 꽉 차고 배는 쏙 들어갈 때까지.

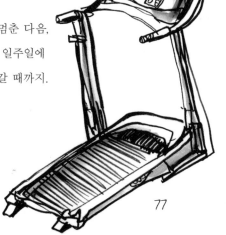

음식이 당신을 결정한다

하루에 먹는 것을 전부 다 그려 본다. 훨씬 천천히, 또 덜 먹게 됨을 깨달을 것이다.

(음식이 대체로 식어 있으니까.) 곧 이런 의문이 들지도 모른다. '이 도넛을 꼭 그려야 하나?'

놀랄 만큼 군살이 빠지고 훨씬 멋있어질 것이다. 믿어 봐라. 정말이다.

생각해 보자. 왜 사람들이 "굶주리는 예술가"라고 할까?

Before.

MINI FINGERLING TATERS with ROSEMARY

SPINACH-STUFFED 'SHROOMS

PAN-SAUTEED LAMB CHOPS with BALSAMIC REDUCTION

LEFT-OVERS FOR LUNCHEON.

These LAMBCHOPS were DELICIOUS when we ate them last NIGHT. The BALSAMIC is even tangier and tastier Today. It's a RATHER BROWN LUNCH but I LIKED it.

Not much leftover.

AFTER.

선데이 아이스크림 화가

디저트를 건너뛰는 사람이
되자. 대신 다른 사람이
주문한 것을 그린다.
그들의 허리 군살을 그린다.
기억하자. 잉크에는 칼로리가
없다. 제로 칼로리다.

아하! 장애물들

잘 되어 가는가? 창조적 습관이 생기고 있나? 자신만의 시간을 충분히 내고 있는가? 사기 충전이 필요한가?

모든 예술가에게는 작업에 방해가 되는 장애물이 있다. 강력계 형사처럼 대기하고 있다가 자투리 시간이 생기는 족족 그리면서 지금까지 왔을지 모른다. 그런데 어느 날 아침에 일어나 보니 왠지 그리고 싶지가 않다. 그건 아무 문제 될 게 없고, 자연스러운 과정의 일부다. 벽에 부딪혔다고 해서 이제 끝이고 당신이 실패했다는 뜻은 아니다. 그저 당신의 뇌와 영혼이 잠시 쉬면서 재충전해야 한다고 말해 주는 것뿐이다. 마음속의 그 소리를 듣자. 그러면서 살짝 노선을 바꿔, 직접 그리는 대신 다른 화가의 작품을 감상하자. 아니면 음악가의 삶을 다룬 영화(「아마데우스」 같은 것)를 본다. 아니면 요리를 한다. 그것도 아니면 그냥 늘어져 쉬자.

하지만 마음속 그 소리에는 계속 귀를 기울여야 한다. 잠시 멈추었다고 해서 이 습관이 사라진 것이라고 받아들이지 말자. 스케치북과 펜을 늘 주변에 두고, 다시 마음이 생겨날 때 집어 들도록 하자. 그렇게 될 것이다. 기다려 보시라. 그 순간이 지금 오고 있으니!

흑백을 넘어서

지금까지는 펜으로 움직이는 것을 전부 그려 보았다면, 이제는 지원군을 활용하자. 붓과 물감, 그 밖의 재료로 형형색색의 다채로운 세상을 관찰해 보자. 이제 곧 스케치북이 물감으로 눈부시게 빛날 것이다.

색연필 채색 십오분 강의

색연필은 드로잉에 색깔을 더하는 첫걸음으로 안성맞춤이다. 갖고 다니기 좋고, 가격이 적당하며, 손이 더러워지지 않고, 아마도 전에 써 본 적이 있을 것이다. (하지만 일곱 살 이후로는 손대지 않았을지도 모른다.)

색연필을 쓰는 방법 중 제일 확실한 것은 그린 공간을 그저 단색으로 채우는 것이다. 그렇게 하면 그림에 생기를 더할 수는 있지만, 당신이 보는 무수한 색조와 음영을 표현하기는 어렵다.

먼저 펜으로 그린 다음 색연필로 색깔을 입혀 보자.

그다음은 드로잉과 색칠을 전부 색연필로 해 본다.

색 얹기: 한 가지 색깔에 다른 색을 얹어서 새로운 색을 만들 수 있다. 색이 서로 스며들거나 섞이게 할 수도 있다. 몇 개 안 되는 조그만 색연필 세트로도 아주 많은 색을 만들 수 있다.

색조 내기: 색연필을 누르는 압력을 달리 해 보자. 그림에서 시선을 잡아끌고 싶은 부분에는 색연필을 아주 세게 눌러 선명하고 진한 색을 내 보자. 그다음에는 흐릿하고 섬세한 파스텔 톤으로 칠하며 배경을 입힌다. 빛과 공기, 그림 주제에 맞춰, 혹은 그저 그때의 기분에 맞춰 다양한 시도를 해 본다.

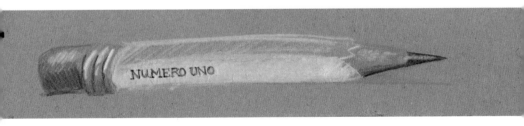

색지에 그리기: 색지에 색연필로 그림을 그린다. 나는 회색이나 어두운 색 종이에 흰색이나 흐린 색연필로 그리는 것을 좋아한다.

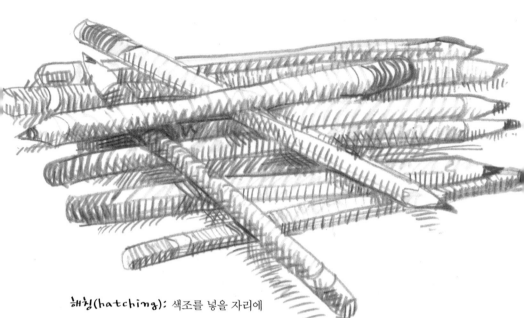

해칭(hatching): 색조를 넣을 자리에
색을 섞어 넣지 말고, 색연필로 빗금을 그어서 부피감을
표현해 보자. 여러 방향에서 긋거나, 여러 층의 빗금이 서로 다른 방향으로 겹쳐지도록
그으면서 실험해 본다. (이것을 크로스 해칭이라고 한다.)

물 섞기: 수채 색연필도 시도해 보자.
수채 색연필은 대부분 더 부드럽고
선명한 색깔을 내는데, 여기에 깨끗한
맹물을 묻힌 수채화 붓으로 덧칠을
하면 색을 입힌 부분이 수채화와
똑같이 바뀐다. 수채 색연필을 물에
담갔다가 그리면 훨씬 더 부드럽고
선명한 효과를 낼 수 있다.

수채화 십오 분 강의

많은 사람이 수채화를 어려워한다. 그럴 필요가 없는데 말이다. 수채 물감은 잉크 선과
함께 쓰기에 최적의 재료이며, 가장 풍부하고 다양하게 색채를 낼 수 있는 재료다.
최소한의 장비로도 재빨리 작업할 수 있다.

　　하지만 마음의 준비는 하자. 수채화는 하면 할수록 배울 것도 늘어난다. 기본 색으로
시작하고, 의도치 않게 색깔이 섞여 들어가더라도 좌절하지 말자.

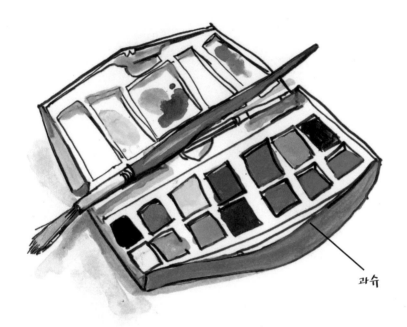

과슈

수채 물감에는 기본적으로 두 종류가 있다. 값이 저렴하고 선명하지 않은 학생용, 색상이
더 강렬하고 빛에 장시간 노출되어도 바래지 않는 전문가용이 있다. 학생용을 써도 지장은
없지만, 전문가용을 쓰면 장기적으로는 더 행복해질 것이다. (더 가난해질 수는 있음.) 시작은
12색 이하의 기본 색으로 하자. 수채 물감과 비슷하지만 더 불투명한 템페라와 과슈도
시도해 보자.

밝은 곳에서 어두운 곳으로: 수채 물감은 잘 섞여들며 잘 변한다. 가장 밝은 색을 칠할 곳부터 붓에 물을 흠뻑 적셔 시작한다. 그런 다음 점점 더 어두운 색으로 나아간다. 그 경우에도 물은 계속 섞어서 쓰며, 전체 화면이 채워질 때까지 그렇게 면을 채워 나간다. 그런 다음 밝은 색으로 다시 돌아가서, 조금 더 강렬한 색으로 세세한 부분을 그리면서 층을 더한다. 그렇게 색을 쌓아 올리면서 다 됐다 싶을 때까지 화면 전체를 손본다.

젖은 종이에 그리기: 이렇게 하면 더 투명하고 추상적인 색과 형태, 우리가 흔히 '수채화' 하면 떠올리는 그 느낌을 낼 수 있다. 선 드로잉 위에 이렇게 그려도 근사한 결과가 나온다. 종이에 약간 습기를 준다. 커다란 붓으로 종이 전체에 물을 칠해도 되고, 젖은 종이 타월이나 스펀지로 종이를 적셔도 되고, 아니면 그냥 종이 위에 조심스럽게 물을 바로 부어도 된다. (종이가 두껍다면 이렇게 하는 것이 가장 좋다. 수채화 종이에 할 때 가장 이상적이다.) 그런 다음 그 위에 수채 물감을 떨어뜨린다. 물감이 거미줄처럼 번져 나갈 것이다. 그 부분을 마음대로 손보자. 원한다면 다른 색을 더 섞어도 되고, 색이 마를 때까지 오 분 정도 기다렸다가 은은한 색조를 더해도 된다.

섞기: 시작은 일단 빨강, 노랑, 파랑 삼원색으로만 하고, 팔레트에서 혹은 종이에 직접 대고 새로운 색깔을 섞는다. 보색을 섞으면(주황+파랑, 빨강+초록, 노랑+남색) 어두운 부분의 음영을 표현할 수 있으며 회색이나 검정색까지 만들 수 있다. 대체로 세 가지 색 이상을 섞지는 않는데, 자칫하면 탁한 갈색이 나올 수 있기 때문이다. 같은 색도 종류에 따라 상당히 다른 결과를 낸다는 사실을 알게 될 것이다. 예를 들어 카드뮴 계열 색상은 다른 색을 압도하는 경향이 있다. 실험하고 실수하면서 많이 배우자.

소금 활용하기: 젖은 수채화 종이에 소금을 조금 뿌려 보자. 수채 물감으로 정말 멋진 효과를 낼 수 있다.

폭발적인 선택: 물감이 마를 때까지 기다리기 어렵다면 스케치북을 전자레인지에 넣고 이삼 초 돌린다. 당부하는데, 스케치북에 쇠로 된 부분이 없는지, 혹은 그림에 금박을 쓰지 않았는지(나는 한 번 그런 적이 있다.) 반드시 확인한다. 그렇지 않으면 불꽃을 일으키며 폭발할지도 모른다. 일을 크게 만들고 싶지 않다면, 헤어드라이어를 쓰자.

파랗게 칠해 주세요

색은 아주 다양하게 활용할 수 있다. 가장 직접적인 방법은 자연에서 관찰하는 색을 그대로 재현하는 것이다. 하지만 선 드로잉 위에 색깔을 한 층만 얹어도 전체 분위기와 메시지에 큰 무게감을 더할 수 있다.

스케치북의 아무 장이나 펼쳐서 단색으로 밑칠을 한다. 종이 전체를 노란색으로 칠하고, 그다음 장은 빨간색, 그다음은 세피아 톤으로 칠한다. 나중에 이런 종이 위에 잉크로 선 드로잉을 하고 드로잉에 어떤 분위기가 더해지는지를 보라. 파랑으로 밑칠을 한 그림과 빨강이나 노랑으로 밑칠한 그림은 느낌이 어떻게 다른가? 같은 색조 안에서도 어떤 부분은 더 짙게 칠해 입체감을 줘 보자.

형태

한 가지 색으로 대상의 형태를 잡아 본다. 그런 다음 그 위에 잉크로 자세한 부분을 그린다.

혹은 그 반대도 가능하다. 컨투어 드로잉을 하고 그중에서 특히
시선을 끌고 싶은 부분에 색을 채워 넣는다.

크레용

크레용으로는 더 편하면서도 거칠게 그릴 수 있다. 내면의 어린아이를 끄집어낸다고 할까.

크레용 세트를 부엌, 커피 탁자, 사무실 책상, 사물함 등 쉽게 손이 닿는 곳에 둔다.

크레용을 촛불에 잠시 대고 있다가 녹기 시작하면 재빨리 그려 본다.

크레용 그림 위에 수채 물감으로 색을 덧입혀 본다.

펜클럽 친구들

꼭 다락방에 혼자 처박혀서 예술을 할 필요는 없다. 홀아비 냄새를 풍겼을 말년의
반 고흐조차 친구 한두 명은 있었다.

그림 그리는 모임을 만들면 재미있고 편안하게, 때로 술기운도 빌려 그릴 수 있다.
설사 친구들이 전부 좌뇌만 쓰는 회계사에 변호사라 해도 당신의 예술가 모임에
초대해 보자.

초상화 그리기

초상화는 인상이다. 초상화에서는 지금 당신이 그리고 있는 사람을 특징짓는 뚜렷한 요소가 중요하다. 헤어스타일일 수도 있고, 코 모양, 눈의 크기, 반짝반짝 광을 낸 덥수룩한 콧수염일 수도 있다.

초상화를 그릴 때 목표는 상대의 생김새를 정확하게 묘사하는 것이 아니라 상대의 "본질"을 포착해 내는 것이다. 그러니까 주관적인 부분이다.

누구도 상대방을 당신이 보는 것과 똑같이 보지 않는다는 점을 명심하자. 초상화를 그릴 때는 이 말이 특히 더 들어맞는다. 사람들은 원래 자신을 분명하게 바라보는 것을 무척 어려워한다. 그러니 당신의 초상화에 상대방이 어떻게 반응하든 너무 괘념치 말자.

특히 초상화를 그리는 동안에는 더욱. 그냥 웃어넘기자. 그 사람 코가 정말로 순무처럼 생긴 걸 어떡하나.

상대방을 잠시 들여다보는 것부터 시작하자. 어떻게 생겼나? 정력적인가? 금욕적인가? 내성적인가? 강단 있는 사람? 아니면 바보 같은가?

이제 이 사람을 표현하기에 가장 적합한 재료를 고르자. 빠르게

붓으로 칠할까? 크레용으로? 부드러운 색연필? 아니면 선이 가는 펜?

자, 이제 그릴 시간이다. 친구의 얼굴을 어느 정도 크기로 그릴지 생각해 보자. 턱, 전체적인 두상 크기, 머리카락, 뺨, 이마 등을 가늠해 본다. 그리고 인상을 잡아서 재빨리 그린다.

몇 번 빠르게 크기를 재 봐도 좋다. 턱부터 눈까지의 거리와 비교했을 때 얼굴 너비가 어느 정도 되나? 얼굴의 정확한 중심이

어디인가? 목이 어디서부터 시작되나?

이제 특징을 몇 가지 더하자. 눈이 옆으로 갸름한지, 동그란지, 위로 찢어졌는지 생각해 보자. 눈의 위치, 코 모양, 입술 두께, 귀 등을 재빨리 그린다.

이제 선을 어느 정도 더하며 전체적으로 다듬어 보자. 그리고 특징이 되는 지점을 다시 한 번 확인한다. 귀 끝과 눈의 위치가 어떻게 되나? 코 밑은? 눈 외곽선에서 머리카락까지의 거리는? 입이 콧볼보다 넓은가?

그러나 이런 관찰을 너무 집중해서 하지는 말자. 손에 힘을 빼고 계속 움직인다. 전체를 그리는 데 오 분에서 십 분이 넘지 않게 한다.

이제 다음 장으로 넘겨 다른 사람을 그려 보자.

자화상

자랑은 아니지만, 나는 최고의 모델이다. 사실 당신도 그렇다. 모든 예술가에게 세상에서 제일 말 잘 듣고 언제나 데려다 쓸 수 있는 모델은 바로 자기 자신이다. 그래서 예술가가 그렇게 자화상을 많이 그리는 것이다. 렘브란트가 자화상을 많이 그린 것은 그가 나르시시스트여서가 아니라, 자신의 둥근 얼굴과 울퉁불퉁한 코가 언제나 그를 기다리고 있었기 때문이다.

그러니 사람을 그리는 법을 배우고 싶다면 자기 자신부터 시작하자. 거울 앞에 앉아서 보이는 대로 그리면 그만이다. 겁이 날 수도 있다. 성형 외과 의사가 되고플지도 모른다. 하지만 내가 어떤 사람인지, 그리고 사람을 어떻게 그리면 되는지에 대해 많은 것을 배우게 될 것이다.

초상화 그릴 때 알려 준 팁을 여기서도 활용하자. 기분에 맞는 재료를 고르고, 커다란 형태를 먼저 잡은 후, 자세한 부분을 계속 채워 나간다. 여러 각도에서 그려 보고, 왜곡된 거울이나 반짝거리는 표면에 비친 모습도 그려 본다. 무엇이든 오늘 당신의 모습을 그린다.

후원자가 되자

킥스타터*에 들어가서 예술가들의
모임을 지지하자. 약간 맛이 간 사람을
지원할수록 더 좋다. 그의 프로젝트가
진전되는 모습을 지켜보고 그 과정의
일부가 되자. 심정적 지지를, 그리고
쿠키를 보내자.

✦ www.kickstarter.com, 미국의 크라우드 펀딩 사이트. ― 옮긴이

스케치 순례

순례를 하자. 단, 그림을 그리면서 말이다. 친구들을 몇 명 모은다. 총 인원은 두 사람일 수도, 백 명일 수도 있다. 그런 다음 동네를 한 군데 고른다. 미술관이나 공원도 좋다. 정한 곳에 함께 앉아서 각자 무엇이든 눈에 보이는 것을 십 분에서 십오 분 정도 그린다. 그런 다음 누군가 크게 휘파람을 불면 다 같이 다른 곳으로 이동한다. 술집이나 카페에 자리를 잡을 때까지 이렇게 계속한다. 자리를 잡고 나면 함께 웃으면서 그린 것을 돌려 보자. 똑같은 장소나 대상이라도 사람들이 저마다 얼마나 다르게 보았는지 확인할 수 있어 좋을 것이다. 그림체, 관점, 그림 기술, 그리는 속도 따위를 비교해 보자.

포스트잇 파티

초심자에게 정말로 유용한 방법이다. 유명인, 혹은 누구나 잘 아는 사람의 사진을 한 장 고른다. 고른 사진을 복사기에 넣고 가장 크게 확대한다. 이 대형 복사본을 두 장 만든다. 사진에 포스트잇을 나란히 붙여 꽉 채우고, 사진을 포스트잇 크기에 맞게 순서대로 자른다. 다 자르고 나면 사진이 붙은 포스트잇 조각들이 차곡차곡 쌓여 있을 것이다. 나중에 그림을 정렬할 수 있도록 각 장 위에 가로 세로 순서대로 번호를 매긴다.

포스트잇 파티 참가자들에게 원래 그림을 보여 주지 말자. 그림 주제도 비공개다. 아직은.

파티 참가자들에게 포스트잇 위에 그려진 추상적인 이미지를 그대로 따라 그리게 한다. 오 분에서 십 분 후 각자의 그림을 다 모아서, 복사해 두었던 나머지 한 장의 사진을 참고해 이 작은 그림들로 전체 그림을 완성한다. 깜짝 놀랄 반전이 될 것이다.

이 연습은 사람들에게 그릴 수 있다는 자극을 주기에 좋은 방법이다. 임의로 고른 포스트잇 속의 이미지를 그릴 수 있다면, 결국 그렇게 해서 그림 전체도 그릴 수 있다는 점을 꼭 짚어 주자.

초상화 파티

이것은 일명 "마니또" 게임이나 스피드 데이트와 비슷하다. 친구들을 여럿 모은다. (직접 만나서 하는 것이 가장 좋지만, 온라인으로 해도 재미있다.)

그중에서 각자 자신이 그릴 사람을 고른다. 직접 얼굴을 보고 골라도, 사진을 보고 골라도 된다. 그 결과를 공유한다. 사람들이 코를 얼마나 크게 그렸는지 보고 다 같이 크게 웃자. 다음 주에는 상대를 바꿔서 해 본다.

술을 곁들이면 가장 재밌는 결과가 나온다.

아하! 꼬리에 꼬리를 무는 예술

이 책은 드로잉과 페인팅이 중심이다. 하지만 꼭 그렇게만 할 필요는 없다. 당신의 생활 방식에 적합한 다른 예술이 있다면 얼마든지 레퍼토리를 늘려도 된다.

　　욕실에 하모니카를 두자. 엘리베이터 안에서 춤 연습을 해 보자. 모차르트 소나타 전곡을 휘파람으로 연습해 보자. 이번 프레젠테이션을 얼마나 잘 했는지를 주제로 시를 써 보자. 지하철에서 랩을 작사해 승강장에서 한 번 불러 보자. 접시 위 버터 덩어리로 누드 상을 조각하자. 한 번도 먹어 본 적 없는 식재료를 세 가지 사서, 그것들을 한번에 요리하는 법을 찾자. 휴대 전화로 영화를 찍어 보자.

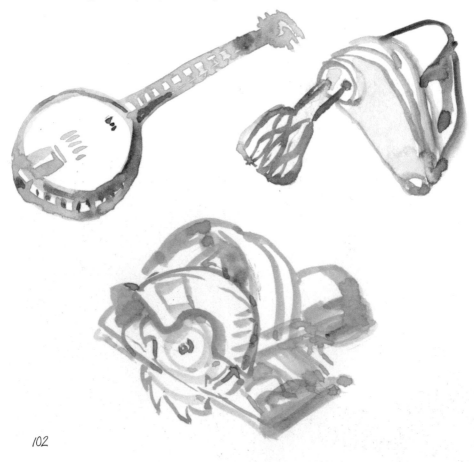

그림은 창조적인 삶으로 가는 한낱 출입구에 불과할 수도 있지만, 기왕 그 문으로 들어갔으니 멋진 일을 한 번 벌여 보자!!

풀어질 시간

그리다 보면 매너리즘에 빠지기 쉽다. 같은 재료를 같은 순서로 쓰며, 같은 크기에 본인이 잘 그린다고 생각하는 것만 그리는 식이다.

이제 이것저것 뒤섞어 볼 때다.

모든 재료가 평등하게 창조된 것은 아니다

어떤 그림 재료는 손을 빨라지게 해, 종이가 금세 채워지고 그 안에 감정이 담기게
한다. 또 어떤 재료는 화방에서 구할 수 없지만, 막상 써 보면 재미있는 것도 있다.

속도가 있는 붓질

드로잉을 붓으로 해 보자. 다른 재료보다 통제가 잘 안 되고 약간 지저분하게 나오지만, 굉장히 표현적이다. 붓이나 붓펜으로 거리를 걸어가는 사람이나 동물을 그려 보자. 배경은 펜이나 연필같이 다른 재료로 그린다.

스케치북에 흙을

스케치북과 펜을 들고 공원으로 소풍을 가자. 커피, 흙, 풀, 와인 등 주변에 있는 것들을
활용해 색을 넣어 보자.

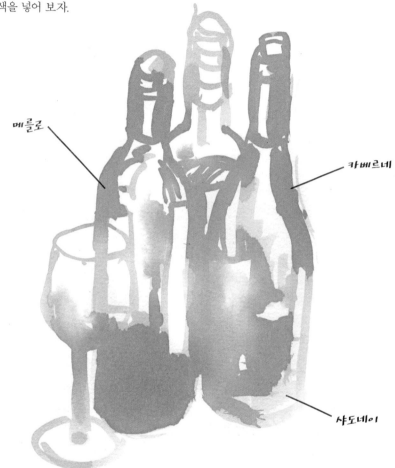

메를로

카베르네

샤도네이

거울에 립스틱으로 그려 보자. 립스틱은 부드럽고 고우며, 연애 편지만 쓰라고 있는 것이
아니다. 한손에 윈덱스⁺를 들고 시작하자. 마음에 들었다면 종이 위에 오일 파스텔이나
유성 색연필, 두꺼운 마커로 그려 보자. 비슷한 느낌이 난다.

✦ 유리 세정제 브랜드. ─ 옮긴이

57가지 맛 예술. 접시에 케첩을 조금만 넉넉히 따르자. 손가락으로 아무거나 그려 본다. 혹은 프렌치프라이로 그려도 좋다. 추상화, 초상화, 빗금으로 명암 넣기 등등.

스테이크 소스

케첩

겨자

홀쭉이나 뚱뚱이

먼저 두꺼운 펜으로 몇 번 선을 그어 커다란 면을 만들자. 그릴 대상의 모양대로 긋는다. 그 위에 펜으로 디테일과 음영을 더한다. 혹은 가까이 있는 것은 두꺼운 펜으로, 멀리 있는 것은 그것보다 더 가는 펜으로 그릴 수도 있다.

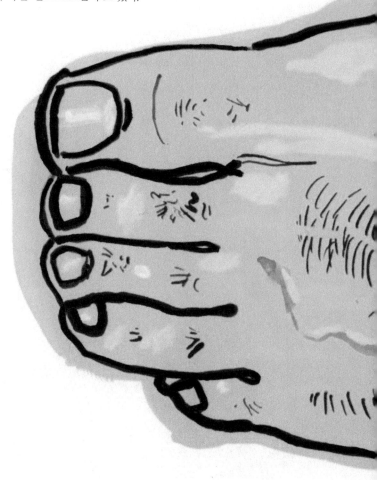

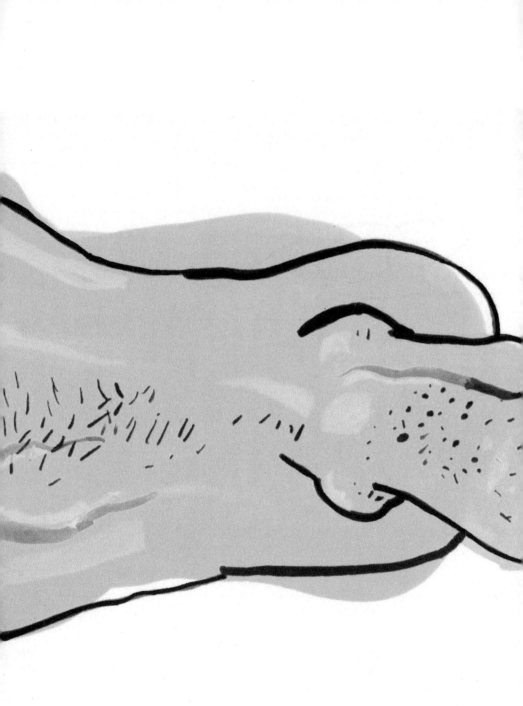

왼쪽 생각

'사악하다(sinister)'는 말은 라틴 어로 '왼쪽'이라는 뜻이다. 만일 당신이 오른손잡이라면, 손만 바꾸면 자신의 사악한 면에 다가갈 수 있는 것이다. 왼손으로 그리면 이상하고 서투른 느낌일 테지만, 그래도 계속 해 보자. 전과는 다른 느낌과 자유로움에 아주 신선하고 흥미진진할 것이다. 왼손잡이라면 오른손을 쓰면 된다. 양손잡이라면 펜을 입에 물거나 발가락 사이(!)에 끼워 보자.

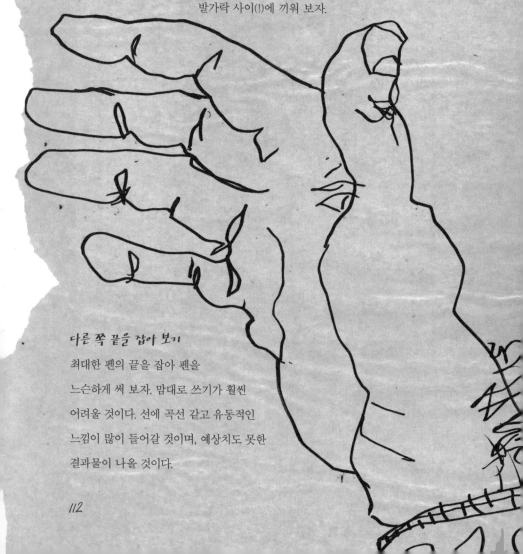

다른 쪽 끝을 잡아 보기

최대한 펜의 끝을 잡아 펜을
느슨하게 써 보자. 맘대로 쓰기가 훨씬
어려울 것이다. 선에 곡선 같고 유동적인
느낌이 많이 들어갈 것이며, 예상치도 못한
결과물이 나올 것이다.

아하! 완벽주의

완벽에 너무 집착한 나머지 시작하지도 못하고 있다고? 그렇다면 절대로 드로잉을 하지 마라. 이것저것 만들어 보는 것은 아예 꿈도 꾸지 마라. 잘 하지 못할까 봐 두려우니까 어떤 열정도 좇지 마라. 뭘 해도 당신 자신의 성에 차지 않을 것이다. 위대해질 수도 없는데 무엇 하러 그런 수고를 하겠는가?

이런 행동들은 참으로 성가시다. 끊임없이 평가하고, 지우고, 수정하고, 다시 생각한다. 그린 것을 포토샵으로 수정하고, 지저분한 부분을 지우고, 색을 입히고, 다시 입히고, 열 가지 다른 종류로 만들어 보고, 다른 사람들에게 반응을 요구하는 행동들. 당신의 작업은 절대 끝나지 않고, 영원토록 만족하지 못할 것이다.

완벽주의의 문제는 여행을 시작하기도 전에 결과를 상상한다는 것이다. 모든 여정을 미리 계획할 수 있어야 하고, 뭔가가 끼어들어서 당신이 상상한 결과를 바꾼다고는 생각할 수도 없다는 식이다. 하지만 먼저, 세상은 그렇게 돌아가지 않는다. 극도로 단순하고 시시한 일, 혹은 머릿속에 이미 완벽하게 그려 놓은 일을 하는 것이 아닌 이상, 당신이 세워 놓은 계획에 뭔가 끼어들어 그 계획을 바꿔 놓을 것이다.

그리고 두 번째, 당신은 뭔가가 끼어드는 것 자체를 환영해야 한다. 우주가 당신의 앞길에 던져 놓는 사고와 실수, 우연, 잉크 방울이 당신의 그림과 삶을 더욱 흥미롭게 하기 때문이다. 완벽이라는 말에는 생기가 없다. 완벽주의는 변비와 같고 축 처졌으며 따분하다.

"완벽주의는 민중의 적, 압제자의 목소리다. 평생 당신을 가둬 두고 괴롭힐 것이다."

—앤 라모트, 『글쓰기 수업』

두 번으로 나눠서

멋진 장면이 눈에 들어왔는데 시간이 모자라다면 두 단계로 나눠서 그려 보자. 오늘은
대상만 그리고, 내일 다시 와서 배경을 그리는 것이다. 기분은 매일매일 바뀌기 때문에
재미있는 대비가 나타날 수도 있다.

그림에 새 생명을

몇 주 전에 그린 그림을 꺼내서, 다시 한 번 손을 본다. 수채 물감으로 붓질을 더할 수도 있고, 한쪽 구석에 색연필로 한두 가지 색을 칠할 수도 있다. 메모를 적어 두었다면 몇 줄 더 써 보자. 원래 그림의 주변이나 뒤쪽에 다른 것도 그려 넣어 보자. 그림은 살아 있다!

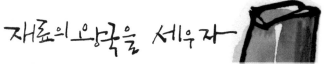

재료의 왕국을 세우자

꼭 한 가지 재료만 고집하라는 법은 없다. 당신의 그림을 호화로운 코스 요리라고 생각하자.

　　시작은 당신이 관찰한 것을 기록하는 잉크 선 드로잉으로 하자. 그다음 드로잉 바로 위에 수채 물감을 얹어 색조를 더한다. (반드시 먹물(인디아 잉크)이나 유성펜을 쓴다.) 다음은 색연필과 마커로 디테일을 그리고 강조할 부분을 강조한다. 크레용도 괜찮다. 이제 만년필로 그림 설명을 넣자. 잡지에서 오린 낱말이나 글자 고무 도장으로 제목도 넣어 본다. 이것저것 섞어 보자!

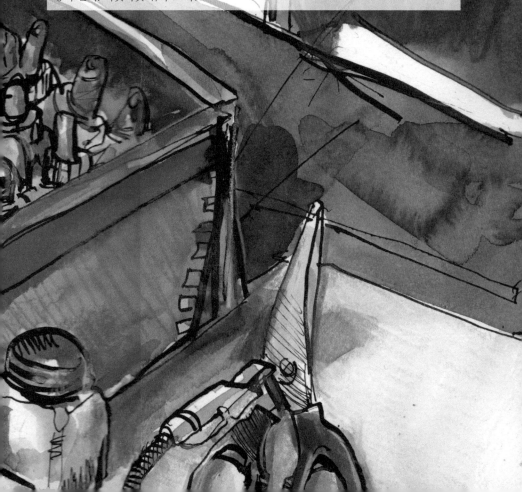

이중으로 그리기

먼저 희석한 잉크를 붓에 묻혀 대상을 대강 그린다. 재빨리 움직여 전체적인 인상을 잡아낸다. 선이 거칠어야 하며, 대강 비슷한 모양이기만 하면 된다.

이제 가는 펜을 준비한다. 붓 자국 위에 같은 대상을 그리되 천천히 꼼꼼하게 묘사한다. 가는 검은색 선으로 디테일을 더한다.

이렇게 거친 느낌과 꼼꼼한 관찰을 섞으면 생기 넘치면서도 세밀한 그림이 탄생한다.

계속 바꿔서 해 본다

선 드로잉을 하되 다양한 색깔이나 재료와 결합해 본다.

아하! 내면의 비판자는 오늘부터 해고

드로잉 수업에 등록했는데, 첫날부터 선생이 등 뒤에서 뭘 할 때마다 장광설을 늘어놓는다고 상상해 보라. 그는 당신이 그림을 그릴 수 없으며 앞으로도 그럴 것이라고, 그림 같은 건 그냥 깨끗이 잊어버리라고 말한다. 선생이 당신의 자신감과 개성, 자존감을 끊임없이 깎아내리면서, 단순한 그림 수업을 당신에 대한 평가 시간으로 만든다고 상상해 보라. 수업을 취소하고 수업료를 돌려 달라고 하지 않겠는가?

내면의 비판자란 당신의 머릿속에만 사는 그런 끔찍한 목소리다. 그리고 사실 그 목소리는 틀렸다. 당신이 그리는 모든 그림에는 가치가 있다. 새로운 것, 값진 것을 가르쳐 준다. 그림 그리기를 마치는 순간 판단을 시작할 필요는 없다는 점, 수업은 거기서 끝이 아니라는 점을 깨닫는 데도 당신의 모든 그림은 꼭 필요하다.

hippo.

그림을 그리려고 자리에 앉을 때 당신의 마음속에는 기대치가 있다. 주제와 재료와 관점을 선택한 이유가 있는 것이다. 그림을 그리다 보면 그런 원래 목표에서 멀어질 때도 있다. 원래 그래야 하는 것보다 더 빠르게 그려 버리고는 집중력을 잃을 수 있다. 틀리게 그은 선 하나로 그림의 방향이 달라질 수도 있다. 그래서 막 완성한 그림을 보니 애초 계획과는 틀어져 버렸다. 그러면 실망을 하고 방금 그린 그림에 화풀이를 할지도 모른다. 하지만 사실 이 그림은 틀림없이 흥미롭고 아름다운 그림이다. 단지 당신이 애초에 기대했던 결과가 아닐 뿐이다.

바로 그래서 우리는 (1) 내면의 비판자를 무시하고 그저 계속 그려 나가야 한다. 계속 그리지 않으면 절대로 나아지지 않는다는 사실을 자꾸 상기하자. (2) 그림을 다 그렸다면 다음 장으로 넘기고, 그 그림은 한 시간 뒤, 혹은 일 년 뒤에 다시 본다.

자기를 가혹하게 비판하지 말라. 과정을 즐기자. (그것은 무엇이든 하나 할 때마다 뒤를 돌아보며 잘 했는지 확인하는 대신, 그저 매 순간에 집중함으로서 가능하다.) 그리고 무슨 일이 있어도 스케치북에서 한 장도 찢어 버리지 말자.

안 그래도 짧은 시간을 자기를 혼내면서 낭비할 이유는 없다.

계속 그리자.

자기에게 친절하자.

"내면에서 '넌 못 그려.'라는 목소리가 들리거든, 무슨 일이 있어도 꼭 그려라. 그러면 그 목소리는 잠잠해질 것이다." —빈센트 반 고흐

예술로 충만한 한 주

빠른 스케치에서 한 발 더 나아가고 싶다면, 한 주 동안 매일 세부 사항이나 추가 재료를 하나씩 더해 본다. 윤곽선을 월요일에 그린다. 화요일에는 색조를 더하고, 수요일에는 음영을, 목요일에는 테두리를 더해 보고, 금요일에는 그림 설명을 더하는 식이다. 각 단계마다 십 분 정도가 걸리겠지만, 최종 결과는 풍성하고 깊을 것이다.

경이로운 물

수성펜으로 그림을 그린다. (만년필의 유려한 선을 처음 써 볼 때 이 방법을 쓰면 아주 좋다.)
잉크가 마르면 물을 흠뻑 적신 수채화 붓으로 그림에 충분히 물기를 준다. 잉크선이
번지고 뚝뚝 흐르게 하거나, 선이 씻겨 나가면서 색조를 띤 넓은 면이 생기게 할 수 있다.
물이 닿으면서 색이 바뀌는 모습, 검은 잉크선에서 파란색과 보라색이 만들어지는 모습을
눈여겨보자. 놀랄 준비를 하고, 침착하게 기다려 보자.

해칭*은 닭만 하는 것이 아니다

흰 종이에 검은 선으로 그리는 것은 대상의 형태를 나타내려고 할 경우 아주 적절하다. 하지만 색조를 더해서 대상을 이루는 재료를 보여 주고 싶다면 어떨까? 혹은 음영을 줘 깊이감을 더하거나 빛과 그림자를 나타내고 싶다면?

짜잔! 그렇다면 "해칭"을 소개한다. 해칭이란 빗금을 그어, 잿빛으로 그림자가 생긴 것처럼 보이도록 만드는 기법을 말한다.

해칭은 다양하게 변형해서 쓸 수 있는 아주 유용한 도구다.

정확하게 평행을 그리는 빗금을 그으면 균일한 음영이 만들어진다. 촘촘하게 그을수록 짙은 회색이 되고, 넓게 그을수록 옅은 회색이 된다. 핀스트라이프나 초크스트라이프** 같은 것을 떠올려 보자.

빗금 간격에 변화를 주면 점차적인 색조 변화를 만들 수 있다.

짙은 음영을 만들거나 강도 변화를 주려면 다른 방향으로 빗금을 한 번 더 긋는 "크로스 해칭"도 시도해 보자.

중심에서 퍼져 나가는 선을 그으면 힘찬 느낌을
더할 수 있다.

아니면 전부 한 방향으로만 선을 그을 수도 있다.

구불구불한 선도, 점처럼 짧은 선도 그어 보자.

내 예술가 친구 한 명은 "드로잉이란 크로스 해칭을 위한
구실에 불과한지도 모르겠어."라고 말했다. 그의 말이 맞다. 빗금을
끝도 없이 긋고 또 긋고 그 위에 수직선, 비스듬한 선 따위를 더하고
있노라면, 이상하게 위로가 되고 마음이 차분해지는 구석이 있다.

해칭을 할 때는 뇌의 아주 일부분만을 쓰는 것 같다. 스도쿠나
십자 낱말 풀이할 때보다는 적게, 양손을
깍지 끼고 엄지손가락을 빙빙 돌릴
때보다는 더 많이 사용한달까.

그래서 해칭은 친구들이랑
대화하면서, 텔레비전을
보면서, 혹은 지하철에
앉아서 할 수 있는 완벽한
소일거리다.

✦ 영어 단어 hatch에는 '부화하다.'라는
    뜻도 있다. ─옮긴이
✦✦ 직물 패턴 중 가는 세로줄무늬의
    일종. ─ 옮긴이

125

질감을 느껴 보자

대상이 무엇으로
만들어졌는지를 나타내기 위해
다양한 방법으로 실험해 보자.

집의 담벼락을 그리기 위해
벽돌을 한 장 한 장 전부 그릴
수도 있지만, 여기 저기 몇 개만
그려서 전체 표면을 암시할 수도
있다.

크레용을 몇 번 써서 벽토의
거친 질감을 낼 수도 있다.
아니면 나무 탁자에 종이를
놓고 그 위에서 크레용을
문지르면 거친 나뭇결이 종이에
그대로 묻어난다.

날카로운 풀잎 표면은 붓과
잉크로 표현한다.

머리카락은 선이 가는
펜으로 그린다. 혹은 두꺼운
마커도 써 본다.

글자를 표현하는 방법은 아주 많고, 각각의 방법은 낱말에 개성을 더해 준다. 글씨체는 딱딱할 수도 재미있을 수도 있고, 따뜻할 수도 근엄할 수도, 세련될 수도 전통적일 수도 있다. 손글씨도 마찬가지다.

종이 한 장 가득 글씨를 써 보자. 펜, 붓, 크레용으로도 쓰자. 펜글씨용 펜촉을 잉크에 담갔다가 써 보자.

제목으로 큰 글씨도 한두 개 써 보고, 그것보다 작고 규칙적인 크기의 낱말들을 줄을 맞춰 써 보자.

컴퓨터의 다양한 글씨체로 낱말을 입력한 다음 출력해서, 글자를 펜으로 장식하자.

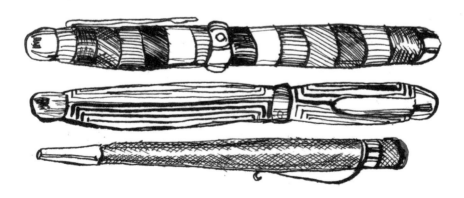

잃어버린 작품들

얼마 전 신문에서 끔찍한 기사를 하나 읽었다. 한 루마니아 여성의 아들이 로테르담에 있는 미술관에서 마티스, 모네, 고갱, 피카소, 루치안 프로이트 같은 화가의 그림을 무더기로 훔쳤다. 그 그림들이 세상에서 없어지면 아들이 감옥에 가지 않을 것이라고 생각한 어머니는 그림들을 오븐에 넣고 전부 태워 버렸다. 전문가들은 재를 분석해 본 결과 이 끔찍한 이야기가 사실이라는 결론을 내렸다. 대작이 세상에서 영원히 사라진 것이다.

식탁 앞에 앉아 이 슬픈 이야기를 읽으면서 내게 떠오르는 생각이 있었다. 나는 얼마나 많은 작품을 없애 버렸던가? 우리 집 오븐 속에서가 아니라, 내 마음속 용광로 안에서 말이다. 얼마나 많은 그림을 나는 그리지 않았던가? 얼마나 많은 드로잉을 태어나기도 전에 없애 버렸나? 얼마나 많은 도자기를 깨뜨렸나? 얼마나 많은 영화를 찍지 않고 날려 버렸던가? 나는 그림을 그려야겠다고 생각했지만 대신 「진짜 주부들」✝을 봤던 그 숱한 순간들이 떠올랐다. 작년에 생각만 하고 듣지 않았던 동판화 수업이 떠올랐다. 휙, 탄생할 수도 있었던 내 동판화 작품이 연기 속으로 사라져 버렸다. 스케치를 한 장도 하지 않았던 3주 동안의 일본 여행도 떠올랐다.

이것은 내면의 비판자가 내 게으름을 혹독하게 꾸짖는 말이 아니었다. 그냥 사실이었다. 당신이 그리지 않을 이유를 하나 찾아낼 때마다 탄생할 수도 있었을 작품 하나가 사라지는 것이다. 그것은 로테르담 미술관에 걸릴 만큼 위대한 명작은 아니었을지 몰라도, 더 유연하고 표현적이며 신나는, 더 멋진 작품으로 가는 또 한 단계가 되어 주었을 것이다.

당신은 어떤 작품을 버렸는가? 그리고 어떻게 하면 우리 작품을 오븐의 불길 속에서 구할 수 있을까?

✝ 드라마 「위기의 주부들」을 패러디한 미국의 리얼리티 쇼.
　— 옮긴이

꾸미기

바로크 스타일로 가 보자. 종이 가장자리에 테두리를 그린다. 글씨를 소용돌이 무늬로 장식해 본다. 금색이나 은색이 나는 잉크도 써 본다.

종이 위에 딱풀을 문지르고 그 위에 금박지를 덮는다. (금박지는 화방에서 구할 수 있으며 사실 상당히 저렴하다. 반짝인다고 다 금은 아니니까.) 손으로 문질러 잘 펴고, 필요 없는 부분은 잘라 낸다. 원한다면 가장자리를 울퉁불퉁하게 그대로 둔다.

칫솔을 잉크나 수채 물감을 푼 물에 담근다. 손가락으로 칫솔을 훑어서 작은 점들을 흩뿌려 본다.

좀 더 꾸미기

드로잉에 콜라주를 더해 보자. 사진이나 글자, 지도나 옷감을 덧붙여도 된다. 콜라주를

배경으로 써도 되고, 선을 몇 개 더해 아예 다른 작품으로 만들어도 된다.

Freshly Brewed Coffee
Coffee with Meal
Freshly Brewed Iced or Hot Tea
Milk white or chocolate
Bottled Juices or S
Fountain

GUEST C

그냥 버려질 것에 의미를 더해 보자. 저녁 식사를 그리고 그

옆에 영수증을 붙인다. 미술관에 다녀왔다면 입장권을 붙인다.

신문에서 기사를 오리고 내용을 그림으로 그려 본다.

Big Breakfast
Hungry Man-3 Eggs 2 Bacon, 2 Sausage links, Potatoes
& Side of Sausage Gravy
'Two Eggs oz Sirloin*, toast, hash browns or homefries
Breakfast Scrambled w/onion gr. pepper, tomato mu
spinach & ed w homefries & side of fruit

허락받은 베끼기

잡지나 책을 펴서 마음에 드는 사진을 고른다. 그 위에 습자지를
대고 윤곽선을 따라 그린다. 자신감이 더 붙지 않는가? 망설일
필요도 결정을 내릴 필요도 없으니 말이다. 당신의 그림을
그릴 때도 이 대담한 느낌을 가질 수 있겠는가?

몇 가지 시도를 해 보자. 사진 속 어두운 부분에
빗금을 쳐 본다. 연필로 음영을 그대로 따라해 봐도
좋다. 습자지 그림을 대여섯 장 그리면서
각각 다른 기술과 스타일을 쓰고 다른
부분을 강조해 본다. 베껴 그릴
때도 당신만의 느낌을 살려서
독창적인 예술 작품으로
만들어 보자.

좋다. 집에 있는 가구란 가구는 전부 그렸고, 구깃구깃한 이불과 반쯤 먹은
샌드위치도 다 그렸다.

그렇다면 이제 전혀 다른 것을 해 볼 시간이다. 이런 것을 고급스런 말로
"풍경화(en plein air)", 세련된 말로는 "어번 스케치(urban sketching)"라고 한다.
우리는 그냥, 뭐랄까, "밖에 나가서 그리기"로 하자.

준비됐는가?

가방싸기

처음에는 스케치북과 펜만 챙기면 된다. 하지만 시간이 지나면 그림 도구를 더 늘리고 싶어질 수도 있다. 아주 유용한 도구들을 소개한다.

고체 수채 물감: 고체 수채 물감은 접히는 통에 들어 있는 작고 예쁜 물감 세트다. 될 수 있는 한 품질이 좋은 것으로 사자. 평생 쓸 테니까.

물붓: 손잡이 부분이 속이 빈 플라스틱으로 된 붓으로, 물통을 갖고 다닐 필요가 없다. 몸통을 한 번 눌러 주면 붓이 젖어서 사용할 수 있는 상태가 된다. 물감을 닦아 내려면 한 번 더 눌러 주고 바지에 한 번 쓱 문지르면 끝이다.

수채 색연필: 작으며, 자유자재로 쓸 수 있다. 인류에게 알려진 색을 전부 다 갖고 다닐 필요는 없다. 기본 색만 갖추자. 아, 그리고 작은 연필깎이도.

휴대 전화 카메라: 참고용으로 사진을 몇 장 찍어 두자.
나중에 그림을 마무리하며 몇 군데 손보고 싶을 때가 있다.

접이식 의자: 가볍고, 접으면 아주 작아지며,
스포츠 용품점에서 쉽게 구할 수 있다. 20달러쯤 한다.
이 의자가 있으면 벤치를 찾아 기웃거릴 필요도, 차갑고 딱딱한
바닥에 앉을 필요도 없다. 도시를 스케치하는 동안 예쁘게 앉아 있을
수 있다.

초콜릿 바: 당신은 충분히 먹을 자격이 있다.

용기: 길가에 털썩 주저앉아 눈앞의 풍경을 그리는 것이 편안한 사람도
있을 것이다. 하지만 사람들이 오가며 보내는 시선에 사색이 되는 사람도
있을지 모른다.

그렇다면 살짝 숨기면 된다. 당신이 무엇을 하는지 아무도
보지 못하도록 건물을 등지고 앉는 것이다. 아니면 차 안에서
그려도 된다. 혹은 식당에서 제일 구석 자리를 골라 창밖 풍경을
그린다.

하지만 결국에는 당신이 무엇을 하든 아무도 신경 쓰지
않는다는 사실을 알게 될 것이다. 사람들이 혹시 관심을
보인다면, 그것은 그림이 멋지다고 칭찬하고 자신들도 그렇게
해 보고 싶다고 말하기 위해서이다. 진짜다. 나는 세계를
돌아다니면서 멋지게도 그려 봤고 엉망으로도 그려 봤는데, 나를
비웃은 사람은 한 명도 없었다. 적어도 내가 그리고 있다는 이유로 그런 적은, 없다.

원근법에 대한 나의 관점

약 600년 전 필리포 브루넬레스키라는 사람이 원근법을 발견했고, 그 이후로
미술학도들은 자와 각도기를 갖고 다니게 되었다. 우리는 그러지 말자. 원근법에 대해서
당신이 정말로 알아야 할 것은 "멀리 있는 것은 작게 보인다."라는 사실뿐이다. 바로 앞에
있는 건물의 정면은 위아래, 양 옆을 모두 일직선으로 곧게 그리면 된다. 다만 건물 옆면은

당신이 서 있는 지점에서부터 점점 좁아져서, 끝이 잘린 삼각형 모양이 된다. 그러나 이런
것을 알기 위해 도구나 법칙이 있어야 하는 것은 아니다. 얼굴에 달린 두 눈으로 충분하다.
주의를 집중하고 보이는 것을 그리기만 하면 된다.

어쩌면 건물 옆면의 너비가 정면 너비의
절반밖에 되지 않는 것으로 보일 수도 있다.
건물 옆면이 당신이 있는 지점에서부터
작아지고 있다면, 제일 뒷면이
어디쯤에 오는지 주의 깊게 보자.
현관이 4층 맨 끝부분과 만날 수도
있다.

THE CORNER OF 47TH and
LEXINGTON AVENUE

　이제 건물의 전체 윤곽을
한 선으로 그려 보자. 오른쪽 면에서
위로, 지붕 선을 거쳐, 아래로, 뒷면과
땅. 그리고 다시 현관으로. 천천히, 하지만
대담하게 그어 보자.

　이제 원하는 만큼 그 안을 채운다. 창문과 문을 채워 넣는다. 세세한 부분들의 상관
관계를 잘 살핀다. 공간을 적절하게 안배해, 창문 몇 개를 그리자마자 더는 공간이 남지
않게 되는 사태는 피하자. 건물의 특징을 보여 줄 수 있을 만큼 디테일을 채우자. 벽돌을
전부 그려 넣어도 되고 아니면 선 몇 개만으로 표현해도 된다. 나중에 나무를 그려 넣어도
되고 아예 그리지 않아도 좋다. 당신의 마음이다.

　명심해야 할 것은 당신은 건축가가 아니라 화가라는
사실이다. 건물의 느낌, 연식과 개성을 포착한다. 완벽할까
걱정하지는 말자. 그저 건물과 풍경, 날씨를 느끼자. 그 장소를
진짜로 소유해 보자.

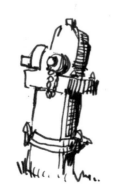

무인지대는 이제 그만!

도시 풍경을 집중해서 그리다 보면 거리를
돌아다니는 사람들을 생략하고 싶은
마음이 들 수 있다. 원자 폭탄이 떨어져서
인류를 싹 쓸어가 버린 것처럼 말이다.
물론 귀찮은 사람들보다야 건물이 훨씬
더 그리기 좋은 것은 사실이다. 조용히
그 자리에 있을뿐더러 말 한마디 하는
법도 없으니. 하지만 사람을 대충 재빨리
그려 넣는 것만으로도 도시에 활력을
가져다주는 움직임과 부산스러움을
표현할 수 있다.

선 몇 개로 표현하거나, 아니면
머리통과 타원형 몸, 고리 모양 팔다리로
어떤 자세를 취하고 있는지 정도만 알려
줘도 된다. 정지 상태가 될 뻔한 그림에
다양함과 움직임을 더해 줄 것이다.

139

IN THE RETURNS LINE at COSTCO.

몰래 그리기

사람들이 많이 몰려 있는 곳에 가거든 그들을 그릴 기회를 놓치지 말자.

극장에서 불이 꺼지기를 기다리는 동안 앞 사람의 뒤통수를 그린다. 퍼레이드가 지나가거든 관람자들을 그려 보자. 콘서트가 시작되어 분위기가 달아오르기 시작하면 공연장 뒤에서 사람들을 스케치하자. 운전 면허 시험장에서, 전철에서, 병원에서 대기 중인 사람들을 주어진 상황을 최대한 활용해 그려 보자. 사람들은 지루해 하고 당신은 예술을 하고 있다.

보이는 것의 느낌에 집중하고, 얼마나 똑같이 그렸는지 계속 확인하지는 말자. 재빨리 그린다. 사람들의 자세와 표정, 몸짓 등을 선 몇 개만으로 표현하려고 노력해 본다. 대상이 갑자기 자세를 바꾸거나 시야에서 사라져 버릴 수도 있다는 마음의 준비를 하고 있자. 그럴 땐 다음 사람으로 넘어가면 그만이다. 속성 인물 탐구로 한 면을 가득 채워 보자.

Bubale de
Jackson -
Africa

여기는 동물원!

야생 동물도 훌륭한 모델이다. 동물이 울타리 속에서 졸고 있다면 그리기가 쉽지만, 더욱 재미있는 그림은 동물이 움직일 때 나온다. 펜 뚜껑을 열기 전에 시간을 들여 동물을 유심히 관찰한다. 움직임 패턴을 눈여겨본다. 동물들이 같은 동작을 반복함을 알게 될 것이고, 움직임을 포착하기 한결 쉬워진다. 한 번에 같은 종이에다 작은 그림을 여러 개 그려 보자. 동물의 움직임 패턴 속에서 나타나는 각각의 자세를 재빨리 스케치한다. 먼저 그려 놓은 그림 사이를 왔다 갔다 하면서 더 자세히 관찰한 사항을 더한다. 동물들이 언제 자세를 바꿀지 몰라 아드레날린이 솟구치기 때문에, 그 어느 때보다 정신을 바짝 차리게 되고 관찰력도 좋아진다.

아가, 밖은 춥단다

바깥에 앉아 그리기에 날씨가 너무 춥거나 안 좋다면 책장이나 잡지 더미로 가서 영감을 얻자. 다른 사람들의 이미지를 당신만의 예술로 만들 수 있는 방법이 몇 가지 있다.

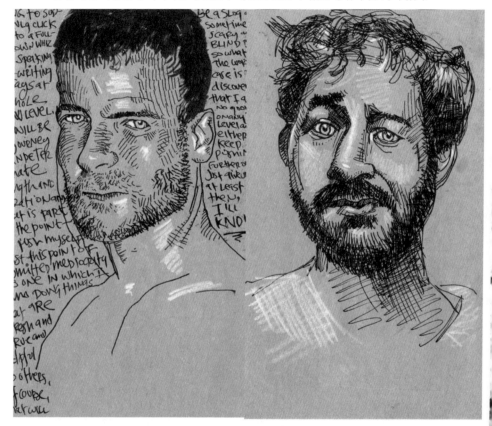

잡지와 책, 사진첩을 보고 그리기

어떤 주제를 골라야 할지 모르겠다면 잡지나 책을 보고 그려도 상관없다. 단 흥미로운 예술은 사진을 똑같이 따라 그리는 데서 나오지 않는다는 점을 명심하자. 당신만의 느낌을 될 수 있는 대로 많이 더해 보자. 흑백 사진이라면 색깔을 넣어 그려 보자. 컬러 사진이라면 배경을 새롭게 한다든지, 형태를 왜곡한다든지, 소품을 더하는 식으로 변형을 주자.

그 이미지가 당신에게 어떤 느낌을 주는지 잘 느끼고 그림 안에 표현해 본다. 이 과정에서
제일 중요한 것은 사진 속 브래드 피트가 아니라 바로 당신이다. 브래드 피트에 대한
당신의 느낌이 이 그림의 주제인 것이다.

잡지에 대고 그리기

당신의 선에 자신감을 불어넣는
좋은 방법이 있다. 잡지나
카탈로그를 펴서 강렬하고
매력적인 이미지를 하나
고른다. 지워지지 않는 두꺼운
싸인펜으로 이미지의 윤곽을
따라 그린다. 눈과 코의 모양,
머리카락 등 인물의 특징을
강조한다. 지우개로 문지르면
인쇄된 잉크의 색이 옅어진다.
그렇게 해서 빛을 받는 부분을
강조하자. 콧수염이나 안경을
그려 넣지는 말자. 그것은 낙서다.
물론 그것도 그림 연습이 되기는
하지만.

아하! 사진에 한마디

오해는 하지 말자. 사진을 보고 그리는 것도 전혀 그리지 않는 것보다야 낫다. 하지만
올바른 지도가 없다면 썩 훌륭한 연습은 되지 못할 수 있다. 사진을 보고 그린 그림은 보통
티가 난다. 밋밋하고 생동감이 없으며 실제감이 없다. 습자지를 대고 그린 그림처럼
더 정확할 수는 있지만, 화가의 손맛이 부족하다. 영혼이 부족하달까.

그림은 당신이 그리는 대상과 관계를 맺는 일이다. 하지만 지금 그리고 있는
장면과 동떨어져 있다면 당신은 그리는 대상의
일면만 담아낼 뿐이다. 오리건 주 한복판에
있는 헛간을 그리고 있다면, 혹은
동네 대학교 교실에서 어떤 학생을
그리고 있다면, 그 순간 당신의 느낌
속으로는 수많은 것이 섞여 들어온다. 그리고 그것들이
당신이 긋는 선 하나하나에 영향을 준다. 시각은
당신이 무엇인가를 관찰하고 표현할 때 가장
본질적인 감각이지만, 다른 감각 역시 당신에게,
당신이 이 경험을 담아내는 방식에 영향을 미친다.

또 한 가지, 사진을 보고 그리면 당신은 사진가가
이미 소화시킨 것을 소화하게 된다. 사진가는 그 사진을 찍을
때 보는 이, 그러니까 당신을 위해 이미 수많은 결정을 내렸다.
세상의 특정 부분에 프레임을 갖다 대고 구성과 색깔, 초점 등
무엇이 중요한지를 이미 선택해 놓은 것이다. 그림을 그리기
시작할 때 당신도 똑같은 일을 한다.

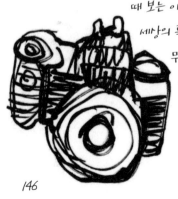

사진가가 당신을 위해 이미 작업을 해 놓았으니 더 쉽지 않겠냐고? 그렇기도
하고 아니기도 하다. 당신은 지금 당신이 보고 그리고 있는 것에 당신
자신을 집어넣는 대신, 사진가가 이미 설정해 놓은 관점에 몇 마디
덧붙이기만 하면 된다. 사진가의 작업을 되새김질하는 셈이다.

마지막으로 아이맥스 효과가 있다. 카메라는 2차원 평면의 눈으로만 세상을 볼
수 있다. 하지만 사람은 눈이 두 개다. 눈 두 개에 두 발이 달린 우리는 그림을 그릴
때 양쪽 눈에서 정보를 얻고 그것을 합쳐서 선으로 표현한다. 우리의 양쪽 눈이 보는
것과 뇌가 본능적으로 이해한 바를 합친 것이 바로 그림이다.

잘난 척 하려는 것은 아니지만, 사진을 보고 그리는 것은 냉동
피자를 먹는 것과 같다. 물론 그게 피자는 맞지만 진짜배기는
아닌 것이다. 그러니 스스로에게 물어 보자. "이 사진을
그림으로 똑같이 바꾸면서 내가 얻으려는 것이
무엇일까? 내가 여기에 무엇을 더할 수 있을까?
신선한 버섯을 좀 저며다가 이 피자에 얹을 수는
없을까? 향긋한 오레가노와 다진 마늘을 얻어
향을 더할 수는 없을까? 와인을 한 병 딸까?" 답을
찾았다면 이제 마음껏 즐길 시간이다.

직접 찍은 사진을 보고 그리기

자신이 찍은 사진을 보고 그리면 이런 문제를 피할 수 있다. 그리고 싶은 순간과
각도, 구성을 선택할 수 있고, 거기 있었던 순간의 냄새와 소리, 느낌을 직접 경험해
알고 있기도 하다. 각도도 다르고 자세한 부분도 달라지게 해서 사진을
여러 장 찍자. 이 사진을 참고 자료로 활용한다. 그렇게 해서
완성된 그림은 당신이 본 것들이 축적된 당신만의 독창적인
작품이다.

당신의 이야기를 하라

오래된 사진첩이나 졸업 앨범도 훌륭한 영감의 원천이다. 오래전 사진을 열심히
들여다보면서 그리다 보면 오래된 금고 문이 열리듯 추억과 감정들이 쏟아져 나올 것이다.

어린 시절의 장난감,
처음으로 기른 반려동물,
처음 가졌던 당신의 방
같은 것들을 그려 보자.
　고등학교 친구들과
선생님을 그려 보자.
여드름 난 당신의 얼굴도.
　젊은 시절의 부모님,
할머니 할아버지,
그분들의 고향 사진을
찬찬히 들여다보자.
두세 장에 걸쳐 그림
회고록을 만들어 보자.
아예 스케치북 한 권을 다
채워도 좋다.

아이에게 배우다

미대생들은 렘브란트나 티치아노, 반 고흐 같은 대가의 그림을 연구하고 모사한다. 그림의 붓질, 화가가 내린 판단을 최대한 똑같이 따라하면서 그 작품이 어떻게 만들어졌는지를 깊이 이해하는 것이다. 때로는 그런 연습도 해야 하지만, 오늘 우리가 할 것은 그게 아니다. 약간 비슷한 연습일 뿐이다.

어린 아이가 그린 그림을 하나 구하자. 자녀가 없다면 이웃집 아이의 그림을 빌려 온다. 아니면 오래된 서랍장으로 가서 한 백만 년 전에 당신이 그렸던 그림을 꺼내자. 어떤 방법도 여의치 않거든 구글에서 "아이들 그림"을 검색한 후 한 장 출력해도 된다.

이제 크레용이나 색연필, 아이의 대작을 갖고 자리를 잡는다. 모든 선을 정확하게 따라해 본다. 크레용을 눌러 쓴 정도, 휘갈긴 속도 같은 것을 그대로 따라한다. 그 그림을 그린 아이의 마음속으로 들어가서, 아이가 어떤 지점에서 어떤 결정을 내렸는지 살펴보자. 아이의 에너지를 느끼면서 당신의 내면에서도 같은 기운을 찾자. 당신의 그림을 그릴 때 다시 불러낼 수 있도록 그 기분이 어떤지를 잘 기억해 두자. 그 열정과 강렬함, 자유와 흥분을.

스토리보드

재빠른 드로잉과 몇 마디 낱말을 적어 넣은 조그만 그림을 연속해서 그려 이야기를 만들어 본다.

Not Leaving on a Jet Plane

농담을 만화로 바꿔 본다.

BLOTTO

일상의 대화를 그림으로 기록한다.

설명이나 조리법도 그려 본다.

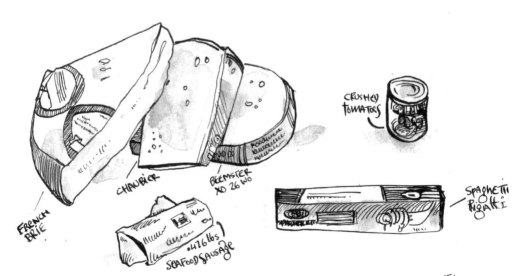

여행 일기

새로운 곳에 가면 눈을 크게 뜨자. 그리고 스케치북을 열자. 관광 명소도
물론 들러야 하지만, 사람들이 어떤 차를 타고 다니는지, 옷은 어떻게 입는지,
쓰레기통이나 신문, 버스는 어떻게 생겼는지도 구경하자. 그런 것을 전부
그림으로, 글로 옮기자.

DÉJEUNER
a Baguette avec Jambon et fromage.

PONT·NEUF

ITALIAN·GIRLS·PICNICKING.

·AMUSEMENT·PARK·BY·TUILERIES.

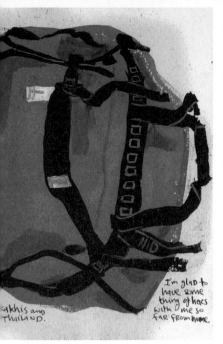

낯선 나라를 본다는 것은 그곳에 대해, 세계에 대해, 그리고 당신 자신에 대해 새로운
관점을 갖는다는 뜻이다. 당신은 이 여행에 수백만 원을 들였으니 그만한 값어치를
찾아가야 한다. 사진과 엽서 몇 장이 전부가 되게 하지 말자. 잊을 수 없는
기억으로 남기자. 그림으로 그리면 된다.

출장을 가도 마찬가지다. 고객과의 저녁, 회의 사이사이에서 최대한 많은
것을 얻어 내자. 당신의 눈에 신선하고 새롭게 들어오는 것은 전부 그리자.

아침
시사
후의 그리고
한 끼

당신이 만든 것을 소화시킬 시간이다.

미지근해진 차, 차갑게 식어 버린

토스트도 그중 하나다.

아하! 삶을 위한 예술이란 무엇일까?

삶은 바니시*로 뒤덮이고 금색 액자에 고정되어, 영국 첼시의 어느 갤러리 흰색 벽에 걸린 채 한 헤지펀드 매니저의 세 번째 부인이 사 가기를 기다리고 있는 유화가 아니다.

삶은 똑같은 인상을 끝도 없이 찍어 내는 동판화가 아니다.

삶은 대중에게 보여 주기 위한 벽화도, 고급 가구로 꾸며진 방의 배경도 아니다. 삶은 벽지가 아니다.

삶은 오래전에 잊힌 영웅을 추상화하고 이상화시켜 놓은 차갑고 거대한 청동상이 아니다.

삶은 책장이다.

한 면이 그림 일기장으로 빼곡하게 채워진 기다란 책장이다. 어떤 일기장은 손으로 만든 수제 스케치북이고, 어떤 것은 가게에서 산 것이며, 표지가 화려하게 장식된 것도, 얼룩지고 모서리가 잔뜩 접힌 것도 있다. 어떤 스케치북은 내용이 꽉꽉 찬 반면, 나중을 기약하고 놔두었는지 반쯤 새것인 것도 있다. 어떤 것은 자신감 있는 펜 선으로 부드럽고 대담하게, 선명하게 그려 나간 그림들이 가득하다. 어떤 것은 아직 능숙하게 다루지 못하는 재료로 욕심을 부리다 망쳐 버린 실험들이 즐비하다.

책장 몇 칸이 똑같은 스케치북으로 가득 차기도 할 것이다. 그때 그 스케치북이 마음에 들어서, 실험과 변화에 흥미를 잃고 계속 같은 것을 썼다면 말이다.

스케치북들은 책장에 놓고 보면 똑같은 책등이 쭉 세워진 것이, 모두 똑같아 보일 것이다. 하지만 안을 펼쳐 보면 한 장 한 장이 다 다르다. 똑같은 손과 펜으로 그렸지만 저마다 독특한 관찰이 기록되어 있다. 달력 속 똑같은 네모난 상자를 채우는 하루하루였지만, 그 안에는 각기 다른 도전과 발견, 배움과 꿈들이 가득 담겨 있다.

스케치북 한 권 한 권의 모든 페이지는 언제나 다르다. 어떤 것은 완벽한 그림에, 반짝거리는 깨달음까지 적혀 있다. 어떤 책에는 원근법이 틀리고 선도 지저분한 실패작이

✦ 유화 그릴 때 쓰는 보조재. — 옮긴이

담겨 있다. 어떤 페이지는 빗방울, 혹은 샴페인 흔적으로 얼룩이 졌고, 급하게 그린 그림이 있는가 하면, 크로스 해칭으로 상당히 공을 들인 그림도 있다. 어떤 데는 장보기 목록, 새로 사귄 친구의 전화 번호가 적혀 있는가 하면, 어느 먼 곳으로 가는 비행기 탑승권 쪼가리도 붙어 있다. 어떤 것들은 밝고 알록달록하고, 재치 넘치며 대담하다. 그런가 하면 소심하고 개인적이며 아무에게도 보여 준 적 없는 것도 있다. 어떤 그림에는 상실과 죽음이 담겨 있고, 어떤 그림에는 곧 아기를 낳을 친구에게 당신이 준 선물이 그려져 있다.

이런 그림들은 어느 하나도 거기서 끝이 아니다. 그때는 아무리 잘 그린 그림이라 생각했더라도 결국에는 그보다 더 멋진 그림이 나온다. 스케치북 한 권의 맨 끝에 있는 그림은 그저 다음 스케치북의 첫 장으로 이어질 뿐이다. 당신은 스케치북을 채워 나갈 것이고, 그것이 마음에 들 수도 실망스러울 수도 있지만, 언제나 그 다음 그림이, 또 그것을 넘어서는 그림이 계속해서 이어진다.

당신은 생기 넘치고 아름다운 것을 만들어 내고 싶어서 한 장 한 장에 최선을 다한다. 자신이 그린 그림에 뿌듯하고 짜릿한 날도 있을 것이고, 실망스럽고 절망적인 날도 있을 것이다. 완전히 망쳐 버렸다고 생각했던 그림이 몇 년 뒤에 보니 훨씬 멋지게 느껴지는 경우도 많다. 못 그렸고 실수투성이라고 생각했던 그림이 그때는 몰랐던 통찰력과 자신의 진짜 모습, 생생한 에너지와 순수함, 희망, 동트기 직전의 어두움 같은 것을 보여 주기도 한다.

그때 당신이 알았든 모르든 모든 그림에는 진실이 담겨 있다. 당신은 이 말을 믿고, 그저 계속 그리고 쓰고 삶을 살아가면 된다.

삶은 과정이고, 모두가 도달하게 되는 종착지는 같다. 우리가 그릴 그림이 아직 남아 있다고 생각하던 어느 날, 다 채우지 못한 마지막 스케치북은 그렇게 멈출 것이다.

그곳으로 서둘러 갈 필요는 없다. 그저 오늘 당신 앞에 펼쳐진 종이 위에 당신의 최선을 담아내 보자.

작품을 공개하자

예술은 대화다. 지금까지 당신은 주로 자기 자신하고만 이야기했다. 하지만 이제 다른 사람과 섞일 시간이다. 사람들이 내 그림을 좋아하지 않을까 봐 걱정되고, 그들의 판단

때문에 내 창조성이 멈출까 봐 겁이 나서 망설여질 수도 있다.

그러지 말자.

장담하건대, 사람들은 당신이 지금까지 한 것에 깜짝 놀라면서 본인들도 그렇게 할 수 있으면 좋겠다고 할 것이다. 당신은 그 사람들에게 용기를 주고 함께하자고 해야 한다. 그들에게 이 책을 빌려 주자. 더 좋은 방법은, 한 권씩 사서 아는 사람 전부에게 나눠 주자! 사람들과 함께 그리자. 서로 경험하고 알게 된 것을 나누자.

그래도 걱정된다면 당신의 그림을 인터넷에, 모르는 사람들에게 공개하자. 페이스북이나

야후에 우리가 이미 열어 놓은 '초보 예술가들 모임'에 참여하자! (인터넷 검색창에 "Everyday Matters"를 입력하거나, 내 웹사이트 DannyGregory.com에 방문하면 모임 사이트로 들어갈 수 있다.) 일기장에서 가장 마음에 드는 페이지를 웹사이트에 올려 보라. 모두들 좋아할 것이다! 같은 열정을 갖고 있는 평생 친구를 만드는 멋진 방법이다.

그래도 망설여진다면 그런 마음을 나에게 털어놓으시라. danny@dannygregory.com으로 짧은 쪽지를 보내면 100퍼센트 응원의 메시지를 보내겠다.

마지막 안항! 여기서 멈추지 마라

이제 스케치북을 뒤에서부터 훑어 보며 당신이 얼마나 멀리까지 왔는지 볼 시간이다.

약속과 자질구레한 집안일들 사이의 자투리 시간에 참으로 대단한 일을 해 냈다. 그렇지 않은가? 당신은 그리는 법, 색칠하는 법, 세상을 보는 법을 배웠다. 하지만 무엇보다 당신 자신을, 그리고 당신의 시간을 다르게 보는 법을 배웠기를 나는 바란다. 당신이 얼마나 많은 것을 창조해 낼 수 있는지, 그 기분이 얼마나 멋진지를 알게 되었기를.

당신의 시간은 당신만의 것이다. 그리고 이제 당신은 그 시간을 최대한 활용하는 법을 알게 되었다.

삶은 끊임없이 이어지는 번잡한 의무들의 연속이 아니다. 삶은 신비와 아름다움이 가득한 멋진 선물이다. 그림을 그림으로써 당신은 바로 그런 삶을 당신의 것으로 만들었다. 당신은 그 삶에 빠져들어 탐험했고, 그 삶이 당신을 더 멋지게 바꿔 주었다.

자, 내가 말했지 않은가, 당신은 할 수 있다고. 당신은 결국 예술가라고.

새로 생긴 이 습관을 당신이 계속 이어 나갈 것임을 나는 안다. 앞으로도 오랫동안 당신의 삶을 스케치북에 계속 기록하리라는 것을 말이다. 당신이 더 넓게 뻗어나갈 수 있기를 바란다. 이런 시간을 더 많이 갖게 되기를, 새로운 재료와 형식과 주제, 새로운 경험을 시도해 보기를 바란다.

아침 식사가 끝났다. 하지만 당신은 여전히 배고프기를 바란다.

본문 그림 풀이

1쪽

호밀 토스트(말랐음)
이 빵 조각을 보니 나무판, 지구
표면, 혹은 호주 지도(옅은 칠이
된 해안선과 적갈색이 도는 중앙
사막)가 떠오른다. 들여다보면
볼수록, 빵은 내 아침 식사에서
점점 멀어진다.

●

버터 좀 줘!

11쪽

올해의 호두들. 몇 개는 눅눅해짐.
하나같이 신비스러움.

13쪽

난 휴가가 필요해!

20쪽

그림 그리기. 멋지고도 건강한
습관.

28쪽

• 토스트 선에서 올려 그은 유리잔
  선
• 빈 공간(negative space)
• 빈 공간
• 빈 공간
• 토스트 윗선
• 높이
• 빈 공간

44쪽

눈 온 날 아침.
그림을 그리고
맛있는 차 한 잔 하기에 완벽한
순간.
잠옷 바람으로.

45쪽

아침 해가 내 작업실 벽을
색칠했다.

46쪽

일요일 점심: 우리는 파스타를
먹으면서 우리 할아버지가
할머니를 버리고 당신 동생의
한참 어린 아내랑 결혼하신
이야기를 하는 중이다. 내가
어떤 우여곡절을 거쳐 누군가의
삼촌이 되었는지를 설명해 주려고
가계도를 그렸다.

●

그레고리 집안.

●

얼굴책.
나는 초상화만 그린 스케치북을
한 권 더 채워 넣고 있다. 색깔
실험을 많이 해 보는 중.

●

• 18kt 옐로골드, 수제.
• 몽블랑 보헴 스켈레톤.
• 다이아몬드 1,906개.
• 160,900달러.
• 할 수만 있다면 두 개 갖고 싶다.
• 18kt. 화이트 골드.
• 9.6 다이아몬드 세공.

• 0.54캐럿 43면 커팅
  다이아몬드.
• 단 세 개만 만들어짐!

●

바워리 저축은행은 내가
처음으로 광고를 만들어 준
은행이다.
지금 은행은 체이스 은행 소유고,
건물은 음식점이 되었다.

47쪽

회사에 늦었는데, 서두를 기분이
아니어서
벤치에 자리를 잡아 버렸다.
이 가을날 아침 상쾌하고 멋진
날씨를 즐기며 뭘 먹고 있는 사람
옆에.
커피 한 잔 사와야 할까 보다.

50쪽

[가운데 오른쪽]
• 베이컨, 계란, 소시지
• 베이글, 허브 크림 치즈
• 크루아상, 데니시 롤
• 머스크멜론, 파인애플, 수박
• 블루베리 요구르트
• 자바 커피
• 크레용
• 잠깐만!

●

[아래 왼쪽]
유로 J.
카푸치노.
와이파이 됨.
로밍 안 됨.

오믈렛이었던 무언가.

●

[아래 오른쪽]
아침 뷔페에서 놀기.
애리조나 빌트모어 호텔.
프랭크 로이드 라이트가
설계했고, 그의 지인이 가구와
카펫, 커튼도 디자인했다.
레스토랑을 그의 이름을 따서
지은 걸 보면, 이 크루아상도
그가 만들고 멜론도 이렇게
육각형으로 자르게 했을 것이다.
사실 크루아상은 구겐하임
미술관이랑 똑같이 생겼다.

52쪽
수영장에서 쉬면서 콜라를
홀짝이는데 뭔가가 내 입술을
훑고 지나갔다.
캔 속에서 커다랗고 퉁퉁한 말벌
한 마리가 나와서 날아갔다.

●

새큼함.

53쪽
•8시. 우리 개들과 공원에서
에그 샌드위치. 흐리고 아무도
없음.
•10시. 책상에 앉아
블로그포스트 완성. 페이스북
보고 놀람. 어이, 천천히 하자구.
•12시. 로, 톰, 헬렌, JJ와 브런치.
블리커 바에서 사진 찍기.
•2시. 팀과 조 목욕시키기. J가
드라이어로 말려 준다.

•4시. 소파에서 킨들 북 읽다가
낮잠 푹 자기.
•6시. 광고 편집 중. 그리고 저녁
뭐 먹을까 의논 중.
•8시. 토드가 제니에게 준
장미가 시들어 간다. 그래도
예쁘다.
•10시. 잭과 개비가 「트루
블러드」를 보고 있다. 나는 잘
준비.

●

우리의 저녁 식사를 구경하는
깃털 달린 구경꾼. 블랙호크
그릴에서.

54쪽
• 베이컨과 달걀
• 럭키 참스 시리얼
• 마마이트 바른 토스트
• 와플
• 베이글과 크림 치즈
• 요구르트랑 라즈베리
• 오트밀
• 해시 브라운스와 달걀
• 도넛
• 시나몬 토스트

56쪽
이봐, 지하철에서 잠들지 말라고.

62~63쪽
(왼쪽에서 오른쪽으로)
내가 처음 가본 미술관은
LA카운티 미술관이었다. 나는
거기서 고갱에 관한 책 속의

드로잉을 처음으로 유심히 보기
시작했다. 동유럽 식으로 좀
침울했다. 전체가 독일 표현주의
화가들의 작품인 섹션도 있다.
내가 좋아하는 화가 그림은
하나도 없지만, 이란의 사촌인
조지의 작품도 몇 점 있다.

●

나는 모딜리아니에 빠져 있다.
푸른 눈에 오렌지색 뺨, 새빨간
입술을 한 아름다운 여인이 있는
그림이다. 그러나….

●

에드워드 호퍼는 싸구려 식당에
있는 느낌을 보여 주고 싶어서 이
그림을 그렸다고 했다. 이 식당은
내 눈에는 꽤 괜찮아 보이지만,
어떻게 보면 대공황 시대의
맥도날드 같은 느낌이었으려나
싶기도 하다. 그래도 그 시대에
식당에서 식사를 한다는 건
대부분 사람들한테는 상당한
호사였을 것이다.

●

「숙녀용 식탁」, 1930.
나는 호퍼가 일상생활을
묘사하는 점이 참 좋다. 흔히
말하는 외로움이라는 것도 그
일상 중 하나인지도 모른다.

●

•「잠든 하녀」, 1656.
•「물주전자를 든 젊은 여인」,
1662.
•「류트를 든 여인」, 1662.
베르메르. 박식한 큐레이터들은

베르메르의 작품에 관해 숱한
글을 썼지만 내 눈에 들어오는
것은 그의 그림마다 들어 있는
작은 화살표다. 하나같이 인물을
가리키고 있다.

●

『사과와 석류가 있는 정물』
폴 세잔은 꽃이나 식물은 거의
그리지 않았다는 사실. 다 그리기
전에 시들어 버리니까.

●

렘브란트는 나보다 한 살 많았을
때 이 자화상을 그렸다. 그는
나보다 훨씬 나은 화가다.
메트로폴리탄 미술관 계단에서
급하게 커피 한 잔 마셨다.

65쪽

이웃

●

회사 동료

67쪽

똑똑한 소형 전자 기기가 널리
쓰이는 것은 예술가들에게는
고마운 일이다. 사람들이 한
자세로 몇 시간이고 있다.

●

언젠가 나의 프린트가 나올
거야.✛

✛「언젠가 나의 왕자님이 올 거야」라는
노래의 패러디. — 옮긴이

70쪽

프리지아. 꽃장수 조의 상품 중

가장 향이 강하다.

71쪽

월요일, 오랜만에 공원에 앉아서
그림 그릴 수 있는 첫 번째 월요일.
봄이 왔지만 겨울의 한기에 아직
펜이 뻑뻑하다.

●

민트.
올록볼록, 울퉁불퉁. 담록색
표면에 노란 틈들. 정신을 쏙
빼놓을 만큼 냄새가 좋다.

●

로즈마리.
냄새 나는 작은 크리스마스 트리.

●

케일.
쪼글쪼글한 이파리. 다 자랐을
때보다 훨씬 가벼움. 줄기는 흰
색.

●

양상추.
24시간 대기 중인 샐러드. 먼지만
털어 내고 발사믹 소스와 섞는다.

●

방울양배추.
지금은 꼭 만화 속 손가락 같지만,
곧 양배추가 방울방울 매달릴
것이다.

●

파슬리.

●

내가 키운 채소들.

72쪽

학교 갔다 오고, 축구 하고, 비
맞고 오느라 힘든 하루를 보내고
일찍 잠든 아들.

75쪽

인내심이 열쇠.
엘리베이터, 앞문, USB,
오토바이, 오토바이, 사무실,
우편함.

78쪽

점심 남은 것
비포
로즈마리를 뿌린 알 감자
발사믹 소스로 졸인 양고기 볶음
시금치를 채운 버섯

●

애프터
남은 게 별로 없다.

●

어젯밤에 먹은 이 양고기 요리는
맛있었다. 오늘은 발사믹 소스가
훨씬 더 새콤하고 맛있다. 오늘은
도시락으로 싸 온 것이지만
그래도 좋았다.

79쪽

오늘 밤은 먹자 파티를 했다.

88~89쪽

그렇게 사납던 폭풍우가
물러가자 황혼이 세상을
뒤덮었다. 깨끗하게 닦인 대기
속에서 하늘은 선명하고,

수정같이 맑았다. 지붕들이
반짝거렸다.

106~107쪽
북쪽으로 올라가는 길에.

115쪽
이 작은 올리브 나무는 내가 살려
낸 거다. 지금은 사방으로 가지를
뻗어 가며 쑥쑥 자란다. 조그만
초록색 회전목마 같다.

130쪽
감자, 소시지, 베이컨, 계란.

140쪽
코스트코 환불 코너에서

142쪽
레르웰하테비스트, 아프리카

150쪽
비행기를 타고 안 떠나네✛
음…
나는 가방을
싸지 않았다네.
난
준비가 됐어.
집에 있을 준비.
●
주정뱅이
화장실은 저기야.
괜찮아요! 저는…
…집에 가서 쉬어야하는
돼지니까요.✛✛

✛존 덴버의 「비행기를 타고
떠나네(Living on a jet plane)」
가사를 반대로 바꾼 것. — 옮긴이
✛✛미국 동요 「시장에 간 아기
돼지(This little pig went to
market)」를 차용한 것. — 옮긴이)

151쪽
사랑
아빠, 나 다이어트 콜라 마셔도
돼요?
그럼, 물론이지.
사랑해요, 아빠.
마시면 안 된다고 해도 사랑할
거니?
아뇨.
아, 네. 아, 그러니까, 아뇨. 아니,
네.
됐다.
●
프랑스 브리 치즈
쇼비에 치즈
베임스터 치즈
해산물 소시지
으깬 토마토
리가티 스파게티

153쪽
데죄네✛
• 햄과 프로마쥬 치즈를 곁들인
바게트
• 퐁뇌프
• 소풍 나온 이탈리아 소녀들
• 튈르리 정원 옆 놀이공원
✛프랑스 어로 브런치라는 뜻.
— 옮긴이

aRtB4bReakFast.com을 방문해 보시라.

www.artB4breakfast.com